告白予行練習

乙女どもよ。

原案／HoneyWorks

著／香坂茉里

22943

角川ビーンズ文庫

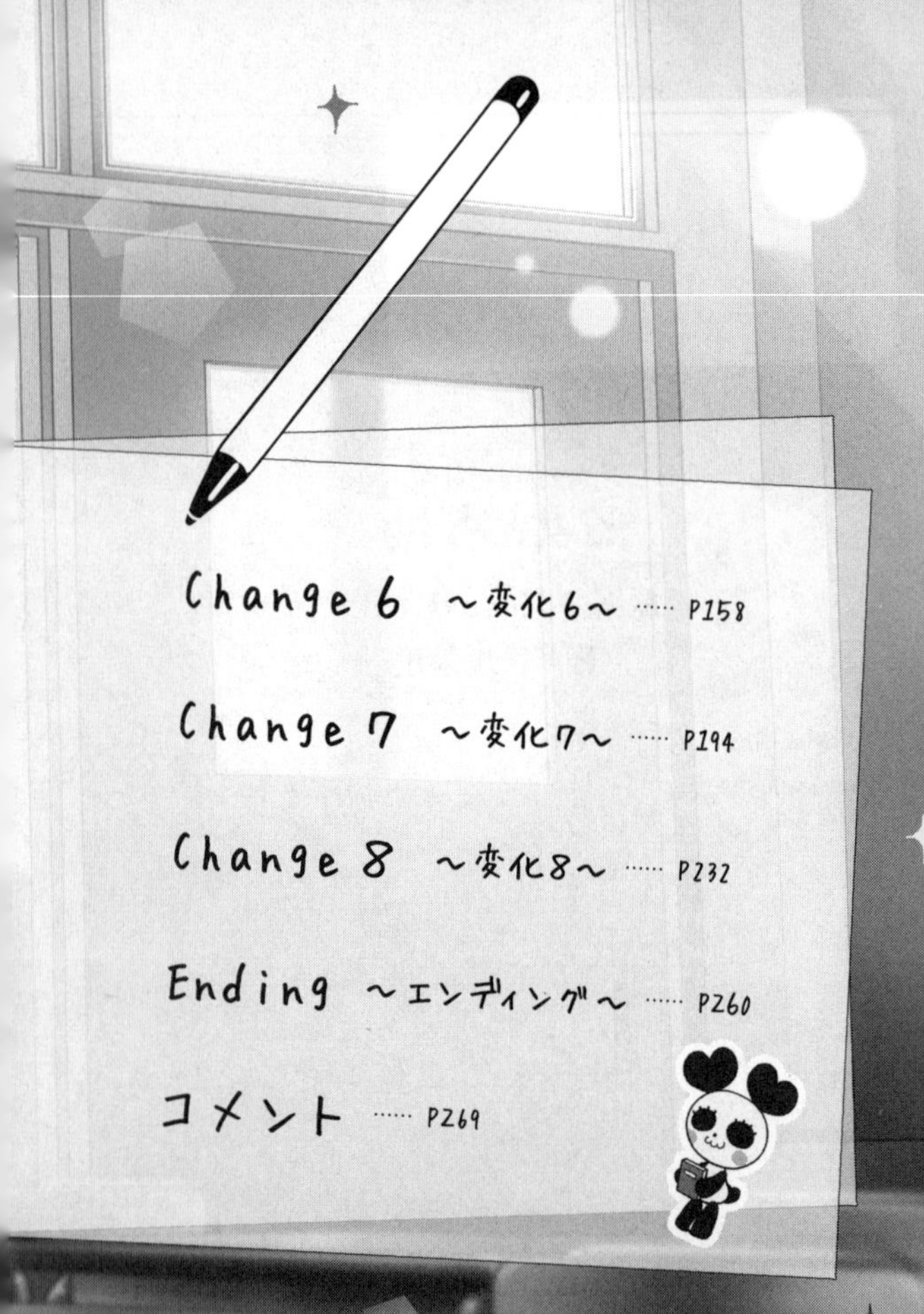

本文イラスト／島陰涙亜

CONTENTS
もくじ

Change1 ～変化1～

みうら　かれん
三浦加恋

5月1日生まれ
おうし座
本当の自分を友達に
出せないでいる。

Change 1 ～変化1～

一

私の物語は、ただ、退屈(たいくつ)なだけだった——。

七月に入ると、教室の窓から差す日の光も強まり、空は真っ青な夏の色に変わっていた。エアコンがよく効いた教室は、半袖(はんそで)の夏服では少し肌寒(はださむ)い。弁当を食べ終わり、教室の後ろでふざけ合っている男子や、席をくっつけて楽しそうに話をしながら笑っている女子たち。集まっている顔ぶれも変わらない。それは、三浦加恋(みうらかれん)も同じだった。

中学の頃(ころ)の友人付き合いが嫌(いや)で、あの頃の自分を忘れたくて、高校は進学校の水鈴(みすず)高校を選んだ。なにもかもリセットしたかった。ただそれだけの理由——。

あの頃と同じ失敗をしないように、高校では目立たないように、嫌われないように、スカートの丈も長めにして、髪型も変えた。メイクなんてもちろんしない。

窓際の自分の席で、昨日買ったマンガのページをめくる。

「加恋、なに読んでるの？」

同じクラスの友人、伊原リエに話しかけられた加恋は、読むのを中断して顔をあげた。

ショートヘアの彼女は、「面白い？　それ」と後ろから覗いてくる。

「続き、気になっちゃって……面白いよ」

そう答えて、加恋はヘラッと笑みを作った。

「好きだよねー。よく読んでるし」

前の席に座っている長いストレートヘアの相川早希が、加恋の机におかれていた小説に手を伸ばした。彼女は脚を組みながら、暇そうにページをめくる。流し読みしているだけで、興味はないのだろう。

「けっこうオタク趣味？」

早希にからかうようにきかれて、「どうかな」と曖昧に笑ってごまかす。

マンガは好きだし、小説を読むのも嫌いではない。けれど、オタクと言えるほど、熱中できるものがあるわけではなかった。

「っていうかさー。また、髪が撥ねてるけど。寝癖くらい直してきなよ」

リエに言われ、加恋は梳(と)かしてきただけの髪に手をやる。

「朝、ちょっと時間なくて」

「そういえば、加恋ってメイクしないよね。リップくらいつけなよ」

相川早希も加恋の唇(くちびる)に視線を向けて、呆(あき)れ気味にそう言った。

「苦手なんだよ。あんまり似合わないし……」

「ふーん……まあ、そういうの興味なさそうだよね。加恋って」

彼女は皮肉っぽく唇の端(はし)を上げる。それでこの話題は終わりなのだろう。リエが加恋の椅子(いす)に手をかけたまま、「そういえばさー」と早希に話を振(ふ)る。

「中学の時に、岸柿(きしがき)さんっていたじゃん。いつも一人でいた子」

「あー、いたね。リエさー。よく覚えてるよね。名前なんて」

「早希は顔とか忘れてるでしょ」

「だって、話したことないし。うちらと同じ高校に入ったんだっけ？」

「桜丘(さくらがおか)高校じゃない？　そこの制服着てたし」

リエの口から出た桜丘高校の名前にビクッとして、ページをめくる加恋の手が止まる。

リエと早希が話しているのは、彼女たちと同じ中学だった顔も知らない女子のことだ。

（関係ないよ……）

こんなことで動揺(どうよう)している自分に、心の中で言いきかせる。そのあいだも、二人の会話は続いていた。

「駅前で見かけたんだけど、中学の時と全然変わっててさー」

「えーっ、マジで？　男ができたとかー？」

「たぶん、そうかも？　同じ高校の男子と歩いてたから。ていうか、『おまえ、誰？』って笑いそうになったんだけど〜」

「中学の時、ぼっちだったくせに、うちらより早くカレシ作るとか生意気だよねー。そのカレシに昔の写真見せてやればよかったのに〜っ」

「うちらがカレシ作るの遅すぎるんじゃないの？　もう、夏になるんですけどー？」

「それ、ヤバ〜〜っ！」

二人はアハハッと笑い合っている。

リエと早希は中学が同じで、その頃から仲がよかったようだ。

高校に入って最初の席替えが行われた時、加恋は前の席で話していた早希とリエに思い切って声をかけた。

早く友人がほしかった。気が合うかと言えば、そうでもないのかもしれない。二人の会話には、ついていけないことが多い。それでも、話題に加わっている振りをして笑顔で頷いている。

リエと早希が話をしていて、加恋はいつもそれを聞いているだけ。たまに二人が話を振ってくれることもある。それだけで、十分だった。二人は中学の頃から一緒にいるのだから、仲がいいのも当然だ。

まだ高校に入学して三ヶ月程度しか経っていない。そのうち、きっとこの関係にも慣れるだろう。中学の頃もそうだったから。

誰かに合わせて、笑っているのは得意だ。いや、得意になった。

そうすれば、一緒にいてもらえるから——。


「合コンでもするー？」

「いいけど。いつも面倒くさーいって言うの、早希じゃん」

「あー、うん、まあ、面倒くさいよねー」

早希は長い髪を指で梳きながら、顔をしかめる。リエが「ほらね」と、笑った。

「加恋はさー、合コンあったら、行く？」

リエにきかれて、「え？」と動揺の声が思わずもれる。それを隠すように笑みを作った。

「私は……いいや。男子、苦手だし」

「それっぽいよねー。いつも無視してるし」

早希がそう言って机に小説を戻す。

嘘ではない。誰かと付き合いたいとか、彼氏がほしいとか少しも思ったことはない。

（関わりたくないよ……）

高校に入学してからも、男子にはできるだけ話しかけないようにしてきたし、話しかけられても素っ気ない返事しかしない。

感じが悪いと、思われることも多いだろう。それでよかった。男子たちには嫌われているほうがずっといい。それなのに――。

「三浦って結構可愛いよな」

「あっ、それ、俺も思った」

不意に自分の名前が耳に入り、加恋の顔が強ばる。

雑談しているのは、教室の後ろにいるクラスの男子二人だ。それを聞いていたもう一人の男子が、加恋のほうをチラッと見てから、「聞こえるって」と声を落とす。

三人の中では一番背が高く、両手をズボンのポケットに入れている。

「隅田じゃん……」

早希がポツリと、彼の名前を口にした。

それは、加恋も知っている。隅田恵というのが彼のフルネームだ。

さっぱりとした短めな髪と、キリッとした眉が印象的だった。

「ジャン負けした奴、カレシいるか聞いてこようぜ」

男子の一人がふざけるように言うと、「マジかよ……」と困惑の表情を浮かべていた。

加恋は無意識に、膝の上で手を握る。

（やめてよ……）

いつもそうだ。無視しても、素っ気なく対応しても、興味がないことを態度で示しても、
男子たちは気にしない。かわいいなんて言えば、誰もが喜ぶとでも思っているのだろうか。

面白半分に近づいてこられるのは不愉快だ。なぜ、それがわからないのだろう。

わかってもらえないのだろう――。


（そのせいで、いつも……っ）

加恋は目一杯、眉間にシワを寄せた。

そんな加恋の心情をよそに、男子たちはジャンケンをして盛り上がっている。

ただの遊びなのだろう。デリカシーがないと、うんざりした顔になった。

「はい負けー!!」

背中を叩かれた隅田恵は、気まずそうに頭の後ろに手をやって加恋を見る。

「お前、聞いてこいよー」

「わかったから、押すなって……」

男子二人が面白がって見守る中、彼は覚悟を決めたように顔を上げると、こちらに歩い

てくる。

（やめてよ……）

くだらないことなんて、きかれたくない。

すぐに立ち上がって、教室を出ていけばよかった。速くなる心臓の音は、少しも心地(ここち)いいものではなかった。

机のそばまでやってきた恵は首の後ろに手をやると、「あのさ」と思い切ったように口を開く。

「三浦さんって、カレシいるの？」

沈黙(ちんもく)する加恋のかわりに、「なんで加恋？」と素っ気なくきいたのは早希だ。

「ははっ、加恋、抜(ぬ)けがけ～？」

リエが軽い口調で言いながら笑う。

加恋はスカートをつかんだまま、冷ややかな目を恵に向けた。

「そういうの、キモイ……」

嫌悪感(けんおかん)を込めて吐(は)き捨てると、それ以上話しかけられたくなくて視線をそらす。

「そっか……悪かった」

返ってきたのは、少しだけ喉(のど)につっかえたような声だった。

恵は気まずそうにフイッと顔をそむけると、足の向きを変えて離(はな)れていく。

「ふられたのか〜？」

冷やかすように声をかける男子を無視すると、彼は無言で教室を出ていった。「おい、待てって」と、男子二人があわて気味に彼の後を追う。

「なにあれ……？」

「彼女募集中アピールじゃないの？」

「だってさー、加恋。どうする？」

早希が頬杖をつきながら、皮肉っぽく唇の端を上げた。

「ごめん、私……トイレ、行ってくる……」

加恋は小さな声で言って席を立つ。

「案外さ、男子ウケいいよね……あの子って」

「隅田って、ああいうのがいいんだ……」

どこかよそよそしさのある二人の会話が耳に届き、無意識に逃げるような急ぎ足になっていた。息苦しさを覚えて、制服の胸もとを押さえる。

そのまま廊下を通り抜けてトイレに駆け込み、個室のドアを閉めると、薄暗い天井を見上げながら大きく息を吸い込んだ。

それなのに、少しも楽になれなくて、震える手で自分の腕を強くつかむ。今はすがれるものが、それしかなかった。

同じことを繰り返したくない。また、一人きりになって、あんな辛い思いをするのは嫌だ。

この小さな居場所を、必死で守ろうとしている自分が滑稽なのに。

失うことが怖くてたまらなかった――。

放課後、フェンスにかこまれた校庭のそばを歩いていた加恋は、「三浦さん」と呼び止められて足を止めた。

走ってくるのは、野球部のユニフォームを着た恵だ。部室で着替えて、校庭に向かう途中なのだろう。昼休みの時に一緒にいた男子たちに、またなにかきいてこいと言われたのだろうか。

加恋は眉間にシワを寄せ、不快感を込めて彼を見る。

「……なんですか？」

そう尋ねると、恵は言いかけた言葉を飲み込んで一瞬沈黙する。

そのまま、立ち去ってくれればいいのに――。

西日が差している校庭には、他の部員たちが集まりストレッチを始めている。

一年生部員だから、先輩たちよりも早めに集合しているのだろう。彼も行かなくてはならないはずだが、その場から動こうとしない。

加恋が立ち去ろうとした時、ようやく恵が口を開く。

「昼休みのこと……ほんと、ごめん」

「もういいです……」

わざわざ謝ってほしいわけではない。それよりも、話しかけられたくない。特に彼のような男子にはだ。恵はクラスの女子に人気がある。それを知らないわけではなかった。

「からかうつもりできいたわけじゃない」

真剣な顔で真っ直ぐ見つめられると、すぐに離れるつもりだったのに足が動かなくなる。

校舎をかこむ木々のほうから絶え間なく聞こえてくる気だるくなるような蟬の声を聞きながら、二人とも距離をおいたまま向かい合っていた。

日差しのせいで、肌が焼けるように熱い。

「言い訳に聞こえるかもしれないけど……友達に言われたからってわけじゃない。俺が知りたかったんだ」

「なにを……?」

問い返した加恋の声が冷たくなる。

「私が誰かと付き合ってるか？　そんなことをきいてどう……」

「俺と、付き合ってほしい」

話を遮るようにはっきりとした声で言われて、加恋は息を呑む。

いきなりのことに頬が一気に熱を持ち、言葉が続かなかった。

「か……からかわないでください‼」

ようやくそう答えたが、動揺したようにうわずった声になった。

「本気で付き合いたいって思ってる！」

恵の言葉をはねつけるように、「無理です」と加恋は答える。

「誰とも付き合うつもりはないし、迷惑です」


『三浦さん、また告られたらしいよ……』

『誰にでも、媚び売ってるから……』

『男子って、ああいう子好きだよね』

集まってヒソヒソと話していた中学一年の頃のクラスメイトたちのことが頭をよぎる。

中傷の落書きをされた机の前にポツリと座り、周りの視線に怯えるように下を向いていたあの頃の自分の姿も。

「もう、嫌われたくないし、目立ちたくないの！」

記憶をかき消したくて、加恋は声を荒らげた。

胸が痛くて、たまらなかった——。

どれだけ逃げても、この痛みを忘れられない。いつまで、苛まれ続けるのだろう。

恵は黙って帽子のつばに手をやると、表情を隠すようにゆっくりと下げる。その唇は一文字にかたく結ばれていた。

加恋は踵を返して彼に背を向けると、毅然と顔を上げて歩きだす。

恵はそれ以上、声をかけてはこない。立ち去る様子もないから、その場に突っ立ったままなのだろう。

彼が見えないところまでくると、加恋は口もとに手をやって駆け出す。自分から拒絶したくせに、胸が締め付けられるようで苦しかった。

（ごめん）

ごめん――。

二

『本気で付き合いたいって思ってる！』

帰り道、加恋は恵に告げられた時のことを何度も思い返していた。

なぜ、そんなふうに思うのだろう。なぜ、そんなふうに言うのだろう。

彼はなにも知らない。中学の頃の自分がどんなふうに過ごしてきたのかも。

本当の自分が、どんな人間であるのかも――。

そして、相手のことをほとんど知らないのは加恋も同じだ。

入学式の後のＨＲで、クラス全員が簡単な自己紹介(しょうかい)をした。その時、彼は名前と出身中学、中学では野球部に入っていて、高校でも野球を続けるつもりだと、はっきりとした声で話していた。

それくらいだ――。

いや、もう少しだけ知っているだろうか。けれど、ほんの些細(ささい)なことだ。

斜陽が眩しくて視線を下げ、足もとの自分の影を見る。

同じクラスにいても話したことはなく、声をかけられたのは初めてだ。

それなのに、最初に投げかけられた質問が『カレシいるの?』だなんて。

友達にけしかけられたから。ジャンケンで負けたから。そんな理由で、あんな質問をしてくることにイラ立ちもした。

なにも知らないから――。


『俺が知りたかったんだ』

それなのに、彼の声が耳から離れなくて、気づくと考え込んでいる。

彼はこんな自分のことを、どうして好きだと言うのだろう。

男子にとって、付き合うということは、それほど難しいことではないのだろうか。

ほとんど相手のことを知らなくても、気になるからというだけの理由で、付き合ってほしいと言ってしまえるものなのだろうか。

クラスの女子も、それほど好きでもない相手とお試しのように付き合ったりしている。

人の思う『付き合う』と、自分の思っている『付き合う』には差があるのだろう。

加恋は他の人ほど、付き合うということを軽くは考えられなかった。

ろくに知りもしない相手と付き合うことを、怖いとは思わないのだろうか。

彼もそうだ。付き合ってみて、それほど好きではないと気づいたらどうするのだろう。

他の人たちと同じように、『やっぱり、勘違いだった』と別れ話を切り出すのだろうか。

たった一度、それも今日初めて話した相手なのに。

(それで傷つくのは、私じゃない……)

これ以上、誰かに失望するのも、失望されるのも嫌だった。

「もうちょっと、離れて歩いてくれる？　勘違いされると困るでしょ！」

「大丈夫だって〜。俺は全然平気だしー」

そんな会話が聞こえて、加恋は視線を上げる。道路を隔てた反対側の歩道を並んで歩いているのは、桜丘高校の制服を着た女子と男子だ。

「私は平気じゃないの！」

そう言いながらツインテールの女子は、ニコニコしながら寄ってこようとする男子を素早く避けている。

(アリサ……)

中学一年の頃、同じクラスだった高見沢アリサは、あの頃と同じく長い髪を左右に分けて結んでいた。一緒にいるのは柴崎健という男子だ。彼も同じ中学で、よく女子たちの話題になっていた人だから覚えている。

　けれど、中学の頃は二人が一緒にいるところを見たことがなかった。

「なあ、アリサちゃん。夏休み、海がダメなら花火大会行くってどう？　虎太朗や幸大や瀬戸口さんも誘ってさー」

「私は神社の手伝いがあるからダメ。みんなで行ってくればいいじゃない」

「えーっ、アリサちゃんが行かねーなら意味ねーじゃん」

「どうしてよ？　私といても……つまんないと思うけど」

「それはねーよ。すげー楽しいから！」

「はぁ？　変な人。普通、そんなこと思わないわよ……」

「神社の手伝い、俺もするからさー。あっ、二人でも全然オッケー！　というか、俺としてはそっちのほうがいいんだけど？」

　顔をのぞき込んでくる健に、アリサはパッと顔を赤くして焦ったように離れている。

「いいわけないでしょ！」

「恥ずかしがんなくてもいいじゃん」

「そういうことじゃないってば！」

　怒ったように頬を膨らませるアリサを見て、健が頭の後ろで手を組みながら笑う。

「……だいたい、柴崎君は他の子と……行く約束してるんじゃないの？」

「んー？　してねーよ？　俺、女の子と花火見たことねーもん。だから、アリサちゃんと行きてーの！　初めてのデートだし？」

「デ、デートじゃないっ!!　みんなも一緒でしょ！」

「それなら、アリサちゃんも行ってくれんの？」

「〜〜〜〜っ!!　知らない!!」

「今年の夏はアリサちゃんの浴衣姿、見られるのか。めちゃくちゃ楽しみだな〜」

「ちょっと、浴衣を着るなんて言ってないからね！」

「え〜っ、着ねーの？　絶対似合うのに。もったいねー」

「似合わない！　勝手に期待なんてしないでよ！」

ヘラヘラと笑っている健の頰を、アリサが怒った顔をしてギューッと抓る。笑い声が道路を隔てたこちらにまで聞こえてきた。

——二人とも、いつの間にあんなに仲がよくなったのだろう。

共通点は少しもありそうにない。中学の頃、健は女子にかっこいいともてはやされていたが、軽い性格でかわりばんこに違う女子と帰っているような男子だった。

アリサは今、あの人と付き合っているのだろうか。それとも、健と一緒にいた他の女子たちと同じように、軽い遊びの付き合いなのだろうか。

中学の頃のアリサは、どちらかというと真面目すぎる性格で、男子ともあまり話すことはなかった。たまに話しかけていたのは、榎本虎太朗くらいだろうか。

榎本虎太朗と、山本幸大、そして柴崎健の三人は中学の頃から友人同士だ。同じ桜丘高校に進んだようだから、彼らは今も仲がいいのだろう。

アリサが彼と一緒にいるのも、虎太朗と友人繋がりだからかもしれない。

加恋とアリサが同じクラスだったのは、中学一年の時だけだ。クラスが離れてからの彼女のことはあまり知らない。知りたくなかった——。

ただ、休み時間になると中庭で一人すごしている姿は見かけたから、孤立していたのだろう。トイレで彼女の陰口を言い合っていた女子たちもいた。

思い出すと胸の奥がズキッとして、加恋はアリサと健から目をそらす。

桜丘高校に入学して、彼女は変わったようだ。中学の頃よりずっと、明るい顔をしている。それに、健と一緒にいる彼女は楽しそうだ。

花火大会に行く約束をする相手がいるくらいに、充実した学校生活を送っているのだろう。

（なんで……こんなに違っちゃったのかな……）

顔を曇らせ、加恋はもう二人を見ないようにしながら足を速める。

彼女に気づかれたくなかった。

今の自分を見られるのは、なぜかひどく惨めな気がしたから――。

アリサには、もう助けてくれる人がいる。いや、その必要すらないのかもしれない。

彼女はもうとっくに光の当たる明るい、暖かな世界にいる。

それなのに、なぜ自分の世界は変わらないままなのだろう。

（誰かと付き合えば、カレシができれば……変われるの？）

毎日が楽しくて、作り笑いではなく、心から笑っていられるようになるのだろうか。朝起きて学校に行くことが、苦痛ではなくなるのだろうか。

居場所を失うことを怖れ、まわりの人間の顔色をうかがいながら、ビクビク過ごしているような毎日ではない。自分を受け入れてくれる人がいて、当たり前に一緒にいてくれる人がいて、朝、『おはよう』と笑いかければ、『おはよう』と声が返ってくる。

望んでいるのは、そんな穏やかで普通の日々だけだ。


なにかを楽しむこと、誰かと親しくなること、誰かを好きになること、それは悪いことなのだろうか。許されないほど、罪深いことなのだろうか。

もし、恵の付き合いたいという言葉に、『いいよ』と返していたらどうなっていたのだろう。

マンションに帰った加恋は、ドアの鍵を開けて中に入る。

誰もいないリビングを通り抜け、自分の部屋に向かった。両親は仕事からまだ帰っていない。今日も遅くなるのだろう。『買い物はしてあるから、夕飯の支度はお願いね』と、母から携帯にメッセージが入っていた。

携帯とバッグを机の上におき、カーテンの閉まった薄暗い部屋の中で制服のボタンを外す。

本当に、付き合っていたのだろうか――。

上着を脱ぎ、スカートのホックを外す。スカートがパサッと足もとに落ちた。つけたばかりのエアコンが、ひんやりとした風を送ってくる。それが汗ばんでいた肌の熱をゆっくりと冷ましていく。


(付き合ったとして、なにをすればいいの?)

大きなスタンドミラーの前で、加恋は自分と向き合った。

彼氏彼女となって、一緒に帰って、デートをして、手を繋いだり、キスもしたり――。

(〝あれ〟もしなきゃダメなの?)

付き合った二人がなにをするのか。知らないほど無知なわけでも、幼いわけでもない。

関心がないわけでもなかった。

けれど、想像するのと、実際に誰かとそうなるのとでは違うことくらいはわかる。

（嫌だよ……無理だよっ！）

加恋は顔を赤くして、つかんだタオルを鏡の自分に向かって投げつけた。

恋をするということは、きっとそういうことなのだろう。自分の隠している部分も、知られたくない部分も、相手の前でさらけ出すことになる。

過去や、決して綺麗とは言えない、自分の醜さですら——。

それでもなお、『君が好きだ』と言ってもらえるのだろうか。

それとも、背を向けて去っていくのだろうか。

誰が、自分の全部を知ったうえでなお、受け入れてくれるのだろう。

（そんな人……いるわけないよ）

この世界の誰よりも自分自身が一番、自分のことを愛せないのに——。

彼も同じだ。なにも知らないから、『付き合ってほしい』なんて言えるのだろう。

中学の頃の自分がどんなふうに過ごしてきたのか、どんなことをしてきたのか。

心の奥に隠してきた感情も、本当の顔も見たことはないから。

見せたくもないし、知られたくもなかった。

きっと、嫌われる――。

付き合うつもりはなくて、あんなふうにひどい態度で振ったくせに。

相手に嫌われたくないなんて、なにを都合のいいことを考えているのだろう。

(きっと、もう話しかけられないよ……)

告白されて、はっきり迷惑だとも言った。嫌われるに決まっている。

そのほうがいいと思った。好きになられても困るだけだ。

今は友人関係のほうが恋よりも大事だ。誰かと付き合うことになったなんて言えば、なにを言われるかわからない。そのせいで、友人が離れていくようなことになれば、またあの頃に戻ることになる。

一人きりで、うつむいていることしかできなかった真っ暗な日々に。

それとも、付き合うようになれば、彼は守ってくれるのだろうか――。

そうかもしれない。けれど、そのために付き合うのは、相手を利用しているのとどう違うのだろう。そんな不誠実な関係はきっと続かない。

自分を守れるのは自分だけだ。誰も助けてくれはしない。

手を差し伸べて、この世界から連れ出してくれるような人なんていない。
誰かに期待したところで、裏切られるだけ。
（それは嫌というほどわかってることじゃない……）
加恋は憂鬱なため息を吐き、鏡に背を向ける。
それ以上、自分の姿を見たいとは思わなかった。

三

週末、加恋は母親の買い物に付き合って、一緒にショッピングモールに来ていた。
イベントホールでは子ども向けのショーが行われていて、親子が楽しんでいる。
風船を貰った小さな女の子が嬉しそうに笑っていた。
（楽しそう……）
母親と一緒にエスカレーターに乗っていた加恋は、その様子を見てクスッと笑う。
休日だから人も多く賑やかだ。
「私はコンタクトレンズのお店に行ってくるけど、あなたはどうする？」
二階のフロアに着いたところで、母親が振り返って加恋に尋ねた。

「私は服でも見てるよ」

「そう。じゃあ、ちょっと行ってくるわね」

「うん」

加恋は母親と別れると、並んでいる店を眺めながら歩き出す。

夏の本番はこれからだというのに、すでに夏物のセールをやっていた。

店内に飾られている服が気になって中に入ってみる。涼しげな水色のワンピースだった。

「かわいい……」

マネキンが着ているそのワンピースに手を伸ばす。サラッとした生地の手触りがよかった。

(こんなワンピースを着て、どこかに出かけたら……きっと、楽しいのに)

中学の頃、学校帰りに立ち寄ったショッピングモール内の店でアリサと会ったことがある。

彼女と同じクラスになって、体育の着替えの時に更衣室で初めて話をした。それから、少し経った日のことだ。アリサは友人たちと一緒に来ていたようだ。

レースやリボンで飾られた服を見て、『似合わないんだけどね』と笑い合ったことを思い出す。

もし、彼女と友達になれていたら、自分も桜丘高校に行っていたのだろうか。

休日、待ち合わせをして、一緒に服を選んだり、ハンバーガーを食べたり。映画を観て楽しんだり。そんな普通のこともできていたのだろうか。

「今さらだよ……」

加恋は下を向くと、自嘲気味に呟いた。

「試着してみられますか？」

そう女性の店員にきかれてハッとし、すぐに顔を上げる。

「なんでもありません。すみません！」

加恋は触れていたワンピースから手を離し、急ぎ足で店を出た。

なんだか恥ずかしくて顔が赤くなる。振り返ると、店員の女性が不思議そうな顔をしていた。

「かわいかったな、あのワンピース……」

試着させてもらえばよかったと少しだけ未練があったが、着ていく場所がないよと諦める。

（どこかに誘われることもないのに……）

その日の夜、加恋は自分の部屋で机に向かっていた。日記を書き終えて、鍵付きの引き出しを開く。日記帳をしまう時、奥にいれていた黄色のリボンが目に入った。

もう、使うことはないのに──。

捨てられなくてそこにずっと隠したままだ。

『あのリボンなに？　自分をかわいいとか思ってんの？』

『ダサ……』

『男子に見せるためじゃないの～』

中学一年の頃の陰口はいつまでも耳に残っている。もう過去のことだと割り切ってしまえばいいのに──。

(バカみたい……)

思い出さなければいい。捨ててしまえばいい。

あの頃に、なんの未練があるというのだろう。

加恋は見たくないものから目をそらすように引き出しを閉め、鍵をかけた。

いつになったら、この痛みを忘れられるのだろう──。

翌日の昼休み、午後の授業が始まるまでのあいだ、加恋は自分の席について暇を潰していた。加恋の机に腰をかけて、脚を組んでいるのは早希だ。

「野球部のマネージャーって、二年の先輩？　けっこう美人だよなー」

いつものように、教室の後ろでクラスの男子たちが雑談していた。「そうか？」と、興味がなさそうな恵の声が聞こえてくる。

今朝、教室に入ってきた時も、彼はなにか言いたげに加恋のほうを見ていた。

加恋はそれに気づかないふりをしてすぐに自分の席に座り、それからは一度も目を合わせていない。

「うらやまし〜っ。俺も野球部入ろっかなー」

「いいけど、練習めちゃくちゃキツいぞ。朝練あるし。土日も部活だし」

恵がそう言うと、「やっぱ、いい」と彼の友人はすぐに答えていた。

ふざけ合っているのか、楽しそうな笑い声があがる。

「隅田って、かっこいいよね」

携帯から視線を上げた早希が、不意に呟いた。加恋は思わず彼女の顔を見る。

「私貰っちゃっていい？」

ジッと加恋の目を見ながら、早希がきいてくる。

一瞬言葉に詰まってから、それをごまかすようにヘラッと笑った。

「いいんじゃない？……っていうか、そもそも私関係ないし」

なぜ、彼女はそんなことを尋ねるのだろう。

本気なのか、それともただの気まぐれなのかわからなかった。

（本気なら……？）

早希が告白して恵と付き合うことになったら、二人は手を繋いで一緒に帰ったりするのだろうか。

（別に……いいじゃない）

恵とは付き合わない。断ったのは他でもなく加恋自身だ。

あんな拒絶するような言い方をしたのだから、彼ももう声をかけてはこないだろう。

それなのに、他の誰かと付き合うことを『嫌だ』などと思う資格はない。

じわりと滲んだ身勝手な感情に、無理矢理蓋をする。

チャイムが鳴り、早希は加恋の机からストンと降りた。

廊下に出ていたクラスメイトたちも、教室に戻ってくる。

自分の席に戻る恵の姿を、加恋はつい目で追っていた。

椅子を引いて座ろうとした彼が、ふと振り返る。見ていることに気づかれたのだろうか。

加恋は目が合う前にすぐに、視線をそらした。

(関係ないよ……)

その言葉を心の中で繰り返す。

誰かと『恋』なんてしない。

それは、今の自分には必要ない——。

もう
嫌われたくないし
目立ちたくないの！

Change2 ～変化2～

すみだけい
隅田恵

7月3日生まれ
かに座
加恋のことが気になり、
告白をした。

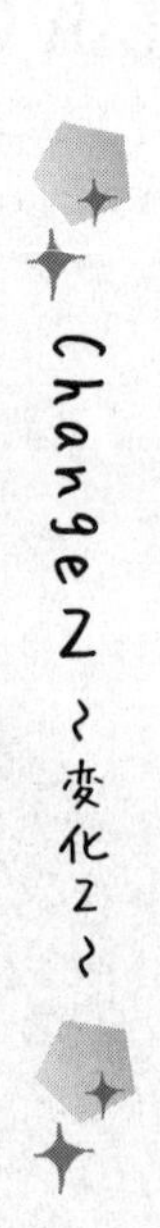

Change 2 ～変化2～

野球部の朝練を終えた隅田恵は、部室で制服に着替えてから校舎に向かう。朝のHRの十五分前だ。登校してきた生徒たちが、昇降口で靴を履き替えていた。

下駄箱から上履きを取り出している三浦加恋を見て、一瞬だけ躊躇する。

「おはよう」

声をかけると、彼女は唇を一文字に結んだまま、フイッと顔をそむけた。

上履きを履くと、それ以上の会話を拒絶するように立ち去ってしまった。

その後ろ姿を見ていると、ドンッと背中を強く押されてよろめく。

「すっかり嫌われてんなー」

登校してきたクラスの友人が、からかい半分に言いながら肩を組んできた。

彼女に無視されたところを見られていたのだろう。

「おまえらのせいだ」

恵は眉間にシワを寄せ、自分の下駄箱から上履きを出して足もとに投げる。脱いだスニーカーをしまうと、ついため息が出た。

友人たちにけしかけられて、『カレシいるの？』なんて、真っ正直にきいてしまったのは失敗だった。

冷め切った目で、『そういうの、キモイ……』とはっきり言われたことを思い出し、短い髪をガシガシとかく。

（まあ、デリカシーないよな……）

ジャンケンで負けたから、というだけであんなことをきいたわけではない。

友人たちに言われたからでもない。それだけなら、きいたりはしなかった。

（でも、俺が知りたかったから……なんて、言い訳に聞こえるよな）

タイミングも、きき方も最悪だっただろう。彼女が不愉快な顔をするのも当然だ。

軽蔑されたままなのも、誤解されたままなのも嫌で、放課後、一人で帰ろうとしていた彼女を見かけて咄嗟に呼び止めた。

『俺、と付き合ってほしい』

それは勢いまかせに言ったわけでも、軽い気持ちで言ったわけでもない。

本気でそう思ったからだ。けれど——彼女をまた怒らせただけだった。

そう、はっきり言われた時のことを思い出すと、胸が痛かった。

『迷惑(めいわく)です』

(完全に、嫌われたよな……)

これでもかなり凹(へこ)んでいて、まだ立ち直れてはいない。

恵は言葉が足らないと言われることが多かった。考えていることが顔に出ないから、わかりにくいとも言われる。

だから、できるだけストレートに言ったつもりだったのだが、うまく伝えられなかった。

伝わっていたとしても、拒絶(きょぜつ)されるという結果は変わらなかっただろう。

「まあ、女子は他(ほか)にもいるってー」

恵の背中を叩(たた)いてから、友人は慰(なぐさ)めるように言って階段を上がっていく。

(いねーよ……)

女子は他にもいるかもしれないが、付き合いたいと本気で思ったのは彼女ただ一人だ。

彼女はきっと、気づいていない。

初めて彼女のことを知ったのは、高校に入学してからではない。中学の頃(ころ)だ——。

部活帰りに、駅前の書店に立ち寄って、文具コーナーの試(ため)し書きの紙に落書きをした。

『CHICO with HoneyWorks サイコー!!』

青ペンで書いた下手くそな自分の文字のことを、懐かしく思い出す。野球部で知り合った友人に勧められてすっかりはまった、『CHiCO with HoneyWorks』の曲を毎日のように通学の時聴いていた。

その日は野球部の正式部員になり新しいユニフォームをもらって、初めて練習に参加したから、すっかり浮かれ気分だった。

自分の書いた落書きが赤ペンで添削されていることに気づいたのは、もう一度書店に立ち寄った時だ。『I』の上に×印が書かれていて『i』に、『a』も『o』に修正されている。矢印がしてありその下に、『私も好き♡』とパンダの絵とともにメッセージが添えてあった。

恥ずかしくて、恵は前と同じ青ペンをとると、すぐに次のメッセージを書き込んだ。

『つづりまちがえてたー!! ゴメン 泣』

泣いているシロクマの絵も描いた。

メッセージをくれた誰かは、また見てくれるだろうか。会ったことはない。どこの誰かもわからない。けれど、きっと優しくていい子だろう。そうでなければ、調子に乗って書いた恥ずかしい落書きに、こんなふうにメッセージをくれたりはしないはずだ。

ペンをおいて書店を出ると、その日は電車で帰る気分ではなくて、野球部のバッグを揺らしながら走り出していた。家に帰り着いた時にはすでに日が落ちていて、夕飯にも間に合わず、怒られたのを覚えている。

どうしようもないほど、心が弾んでいたのだ——。

それから二日ほど経った日、書店の文具コーナーで、赤ペンを手にクスッと笑っている他校の女の子を見かけた。ふんわりとした髪を黄色のリボンで結んだその女の子は、試し書きの紙になにかを書くと、すぐにその場を離れていった。

もしかして、あの子だろうかと思い、すぐにドアを押し開いて店に入ると、彼女が立っていた文具コーナーに向かった。

『許そう!!』

そう、赤ペンで追加されていたメッセージと、ハンカチを差し出しているパンダの絵を見た時、恵は思わず赤くなった顔を手で押さえていた。

あの子なんだ――。

そうわかった時の嬉しさと高揚感は忘れもしない。

すぐに顔を上げ、店内を捜したけれど彼女の姿は見当たらなかった。別のフロアも捜してみたが、すっかりすれ違ってしまったようだった。結局、その日は声をかけることもできなくて、仕方なく書店を後にした。


それからは、もう一度会いたくて、部活帰りに書店の前を通りかかるとドア越しに店内を確かめるようになった。他校の制服だったが、どこの学校なのかはわからなくて捜すこともできなかったから。

あの後、試し書きの紙に書いたメッセージも追加されることはなく、いつの間にか新しい紙に交換されていた。

また彼女が見てくれるかもしれないと、ペンを手にとったことは何度かある。けれど、結局なにを書けばいいのか思いつけないままペンを戻した。その繰り返しだった。

もう、会えないのだろうと諦めていたから――。

高校の入学式の日、同じクラスにいた加恋を見て、どれだけ驚いたことか。

彼女の名前を知れて、出身の中学を知れて、同じ学年だと知れて、それだけで、バカみたいに浮かれたくなるほど嬉しかった。

けれど、高校生になった彼女は、もうあのリボンをしていなくて、楽しそうな笑み(え)を見せることもあまりなかった。友人たちと一緒(いっしょ)にいても所在なげで、感情をごまかすようなぎこちない笑い方しかしない。

「嫌われたくない、か……」

階段を上がりながら、彼女の言葉を思い出して呟く(つぶや)。

彼女は目立ちたくないと、そう言っていた。

事情はわからない。

ただ、あの時の彼女の声が、胸に突き刺さる(つ)(さ)ようでひどく痛かった――。

本当は、書店で見かけたことがあると話せばよかったのだろうか。

けれど、一方的にこちらが彼女を知っていたというだけで、彼女のほうは見られていたことにも気づいていないだろう。

あの子と付き合えたらいいのにと、まだ名前も知らないくせに考えていた。

そんなことを話せば、『キモイ』とまた拒絶されそうだ。

中学一年の頃だから、書店で試し書きしたことも覚えていないかもしれない。彼女にとっては、取るに足らないようなことだっただろうから。

教室に向かい、ドアを開いて入ると、クラスメイトたちの賑やかな声が耳に入る。

「あっ、隅田君、おはよー」

ドアの近くの席にいた女子に声をかけられて、「おはよう」と返す。

自分の席に向かうと、すぐに近くで雑談していた友人たちが集まってきた。

「なぁ、今日の帰り、桜丘高校に行ってみよーぜ！　かわいい子、多いってさ」

また、そんな話かと呆れながら、「部活がある」と素っ気なく返す。

椅子に座ってから、ふと加恋の席に視線を移した。

彼女は自分の席で、頬杖をついて窓の外をぼんやりと見つめていた。その前の席では、友人二人が楽しそうに話をしている。話しかけられると、その時だけ笑みを作って相づちを打っていた。

その視線が、ふと恵のほうを向く。見られていることに気づいたのかもしれない。

彼女は眉間にシワを寄せると、すぐに横を向いてしまった。

（嫌われた……よな……）

一度も登板しないまま、ゲームセットといったところだろうか。つい、ため息が漏れた。

放課後、ユニフォームに着替えて校庭に集合すると、ミーティングが行われた。

それが終わると、二人一組になりストレッチを行う。終わった部員から、外周を走ることになっていた。

昼間に雨が降ったため、土がまだ濡れている。

雨雲が遠ざかった後の空はすっきりしたように澄んでいて、白い雲が浮かんでいた。

ストレッチを終えて走りに行こうとした恵は、ふとフェンスのほうを見る。

足を止めてこちらを見ていた加恋は、すぐにうつむいて、足早に正門のほうへと歩いていってしまった。

その姿をベンチのそばでしばらく見ていると、ボールカゴを抱えたマネージャーの先輩がやってくる。

彼女は重そうに提げていたカゴをベンチにおいて、突っ立っている恵に視線を移した。

「どうかしたー？　隅田君」

「先輩……告白されて、嫌な気持ちになったことってありますか？」

少し考えてから尋ねると、先輩は目を丸くする。

「うーん……どうだろ？　嫌いな相手だったり、不愉快になるような態度をとられたりしたら、嫌な気持ちになることもあるかもね」

彼女は腕を組んで答えてから、「なんで、そんなこときくの？」と首を傾げた。

「……なんでもないです。すみません。外周、行ってきます」

恵は帽子を深めにかぶると、他の部員たちと一緒に走り出す。

先輩は「いってらっしゃーい」と、手を振って見送っていた。

Change3 ～変化3～

Change3 ～変化3～

一

学期末試験の初日、英語のテストが終わって答案用紙を回収すると、担任の先生は「早く、帰れよ」と生徒たちに言い残して教室を出ていった。

話し声がすぐに教室に広がる。テストの答え合わせをしたり、気力が尽きたように机に突っ伏している人もいた。

「加恋、英語のテスト、どうだったー？」

そうきいてきたのは、前の席に座っている早希だ。バッグにペンケースを入れていた加恋は、顔を上げてヘラッと笑う。

「難しかったよね」

「英語のテストの話？　長文、全然わかんなかったんだけどー」

離れた席のリエがやってきて話に加わる。

「まあ、テスト期間は早く帰れるからいいけどねー」

早希は笑ってから、教室から出ていく男子たちに気づいてそちらを見る。

「隅田、帰りどっかに寄ろうぜ」

「テスト勉強あるだろ」

「えっ、なに？　お前、補習組じゃねーの？」

「勝手に決めるなって。補習になったら、部活に出られなくなる」

「つまんねー。部活の練習に比べたら、補習のほうがマシだって。教室は涼しいしー。なあ、補習組になろうぜ！」

「いやだ」

バッグを肩にかけた恵が、友人たちと一緒に帰るところだった。

早希は机の横にかけていた鞄をとって席を立つ。

「ごめん、先帰るわ」

彼女はリップを塗った唇の端を少しあげ、恵を追いかけて教室を出ていった。

「え……どうしたの？　早希」

急なことに、リエもあっけにとられているようだ。なにもきいていないのだろう。

『隅田って、かっこいいよね』

加恋は黙(だま)ったままノートを鞄にしまった。

「加恋、どうするー？」

「……私、図書室寄ってから帰るよ」

「そっか、じゃあねー」

リエは軽く手を振って、自分の席に戻(もど)っていく。

加恋は作った笑(え)みをすぐにしまい、椅子(いす)から立ち上がった。

胸の奥にもやもやとしたすっきりしない感情が広がるのを無視して、唇をギュッと結ぶ。

（関係ないよ……）

翌日のテストが終わり、靴(くつ)を履(は)き替(か)えて校舎を出ると、加恋はフェンスにかこまれている校庭の横を少しゆっくりと歩く。

いつも放課後になると運動部の生徒たちのかけ声が聞こえるのに、今日の校庭には誰(だれ)も出ていなくて静かだった。

整備された地面が強い日差しの中で、揺らいでいるように見える。

ふと視線を前にやると、恵が同じようにフェンスのそばで足を止めていた。

ズボンのポケットに片手を入れたまま、どこか物足りなそうな表情で校庭を眺めている。

テスト期間中は部活の練習ができないからだろうか。

毎日のように放課後になるとユニフォームに着替えて、熱心に練習をしていたから。野球をやるのが、それだけ好きなのだろう。

離れたまま、加恋はぼんやりとその姿を見つめる。

その時、「隅田ー」と呼ぶ女子の声が聞こえた。駆け寄ってきて彼の隣に並んだのは早希だ。

恵が歩き出すと、「今日のテストさー」と彼女は話しかけながらついていく。

正門を出ていく二人から、加恋は視線を外した。


『あの……一緒に、お弁当食べていいかな？』

前の席で楽しそうに話をしていた早希とリエに、思い切って声をかけたのは、入学式から二週間ほど経った日のことだ。最初の席替えがあって、加恋は早希の後ろの席になった。

他の女子たちが集まって机をかこんだり、弁当を持って教室を出ていく中で、前の席で話している二人が一番話しかけやすいように思えた。

早希とリエはそれまでのおしゃべりをピタリとやめて、顔を見合わせる。

『三浦さん、だっけ？』

最初に口を開いたのは早希のほうだ。

『うん……あっ、よろしくお願いします！』

加恋がペコッと頭を下げると、早希は椅子の向きを変えて加恋の机に弁当をおいた。

リエも、『お邪魔(じゃま)しまーす』と椅子を運んできて座る。

『三浦さん、部活どうするの？』

そうきいてきたのはリエだった。

『たぶん、入らないかな……家の手伝いがあるから』

『へー、すごいじゃん。まじめー』

早希がそう言って、サンドイッチをパクッと頬張(ほおば)る。

『……二人は部活に入るの？』

『私は入んないかな。興味ないし。部活のノリって、苦手なんだよね』

『わかるーっ。夏の練習とかキツそうだしねー。夏休みないとか勘弁(かんべん)してほしい～』

早希とリエの話に、『私もそうだよ』と相づちを打って笑った。

あの日から、弁当は二人と食べるようになり、一緒に行動するようになった。今では二人とも、加恋のことを『三浦さん』ではなく、『加恋』と呼んでくれる。

二人とも、友人だと思っていてくれるはずだ。嫌われたくなかった――。

テスト期間に入ってから五日目、ようやく最後のテストが終わると、みんな解放的な気分になったのか、教室はいつもよりも騒々しかった。

女子たちが、「帰り、買い物行く？」と集まって話をしている。

この一週間、休憩時間もテスト勉強をしている生徒が多かった。

加恋も家に帰ってからは、寝る時間になるまで机に向かっていたため、テストが終わったことにホッとする。

答案用紙の解答欄は、どの教科もほとんど埋めた。家に帰ってから答え合わせをしてみたが、それほど間違えてはいなかったから点数は悪くないはずだ。

テストの問題用紙を、筆記用具と一緒に鞄にしまう。

（書店に寄って帰ろうかな……）

駅前の書店は、文具コーナーが広くて売られているペンの種類が多かった。文具の他にもかわいい雑貨が並んでいる。中学の時も同じ駅を利用していたため、よく足を運んでいた。

ちょうど、ペンのインクが切れていたし、ノートも欲しい。欲しかった小説ももうとっくに発売されているのに、テスト期間だからと我慢していた。買えば、ついテスト勉強の合間に読みたくなる。

立ち上がって帰ろうとした時、前の席で携帯を見ていた早希が脚を組んだまま振り返った。

「加恋、悪いんだけどさー。今日、友達と遊ぶ約束してたんだけど、行けなくなったから、代わりに行ってくれない？」

「えっ……私？」

加恋は戸惑ってききかえす。

「他の学校の子なんだけど、男子も来るみたいでさー。女子が足んないからって、頼まれてるんだよねー」

「そうなんだ……」

男子という言葉に不安がよぎる。今まで、早希からそんな頼み事をされたことはない。

「カラオケ行って帰るだけみたいだし。適当に合わせてくれればいいから」

「でも……私、その人たちのこと知らないよ？」

気まずいに決まっている。初対面の相手にうまく話を合わせる自信もなかった。

相手のことをまったく知らない加恋が早希の代わりに行っても、楽しくはないだろう。白けた雰囲気にさせてしまいそうだ。

「みんな、気にしないって。駅前で待ってればいいよ。他の子には、伝えておくから」

早希は、「じゃあ、よろしくね」と笑顔で立ち上がる。

「リエ、帰ろー」

「テスト最悪……補習かも。夏休み、バイトしようと思ってたのに〜〜」

「私もバイトしようかなー。ライブ行きたいし」

早希はリエに声をかけると、二人で教室を出ていく。

相手は早希の友人だ。それに彼女の代わりに加恋が行くことは伝えてあるようだから、相手も承知しているだろう。

加恋は憂鬱なため息を吐いて、重い腰を上げた。

二

駅前に集まっていたのは、早希の友人の女子二人と、男子が三人だった。

早希の言う通り、加恋のことは知らせてあったらしく、彼らのほうから声をかけてくれた。

近くのカラオケ店にいたのは二時間ほどだ。最初は話しかけてくれていた女子も、途中からは加恋に話を振ることもなく、二人だけで楽しんでいた。

話しかけても、短い返事しか返ってこず、そのうちに加恋も話しかけなくなった。

しつこく絡んできたのは、男子三人のほうだ。あれこれと質問されて、途中からは答えることもやめた。歌ったのは一曲程度だ。それほど歌がうまいわけでもなく、カラオケに行くことは稀だった。人前で歌うことにも慣れていない。ただ、ひどく居心地が悪いだけだった。

けれど、早希の友人なのだし、途中で抜け出せば不愉快な思いをさせるかもしれない。そう思うと、終わるまで曖昧な笑みを作って、なんとなく合わせているしかなかった。

ようやく二時間が過ぎてカラオケ店を出ると、いつのまにか外は雨になっている。

それも、かなりの大降りだ。黒い雲が大粒の滴を落とし続けている。

(傘、持ってきてよかった……)

朝の予報でも雨となっていたらしく、母に持っていくように言われたのが幸いだった。

店の前で折りたたみの傘を開く。

「私たち、用事あるから。じゃあね、三浦さん」

女子二人は軽く手を振ると、さっさと帰っていった。

「あっ、じゃあ……私も……」

加恋は小さな声で言い、『じゃあね』と男子たちに告げて帰ろうとした。

「えーっ、三浦さん帰るの？　もう少しいいじゃん」

男子の一人が、加恋の腕をつかむ。

急なことにビクッとして、逃げるように無意識に足が後ろに下がった。

「この後、ゲーセン行くんだけど、つきあってよ。奢るからさー」

「よ……用事があるから」

手を払いのけて立ち去ろうとしたが、すぐに別の男子に行く手を遮られる。

「あと、一時間くらいいいんじゃねーの？」

「帰らないと、怒られるんです……ごめんなさい！」

「用事って家の用事？　そんなの無視すればいいって。それとも、俺らも一緒に三浦さんちに行ってもいいけどー」

ニヤニヤした顔で近づいてくる男子に、逃げ腰になった加恋の顔が強ばった。

本気でついてこられては困る。両親は遅いから、マンションには誰もいない。

顔色を変えた加恋を見て、「もしかして家に誰もいないとか？」と男子の一人がきいてきた。

「本当に……ごめんなさい……帰らないと……っ」

加恋は反射的に男子を押しのけて駆け出す。早希には悪いが、これ以上関わりたくない。

走ると跳ね返った水が靴を濡らす。それが冷たかった。

傘を握り締めているが、それもほとんど役に立っていない。傾いた傘から滑り落ちる水滴が、制服をどんどん濡らしていく。

通りすがりの人にぶつかりそうになり、「気をつけろ！」と怒鳴られたが、謝る余裕すらなく息が上がっていく。

「おい、待てよ！」

「逃げんな!!」

振り返ると、先ほどの男子三人が追いかけてきていた。

あっという間に距離を詰められ、加恋は焦って細い路地に逃げ込む。

（どうしよう……っ）

焦って、脚も手も震えていた。

やっぱり、来なければよかった――。

怖くて、涙ぐみそうになる。

一度も通ったことのない道を闇雲に進んでいるうちに高架下に出た。

「おい、逃げんな！」

イラ立ったのか、男子たちが怒声を上げる。

必死に走って高架下を抜けると、駅裏の駐輪場のそばに出た。

フェンスの際まで追い詰められ、息を吐きながら振り返る。逃げ道がもうなかった。

「逃げんなっつったの、聞こえなかったのかよ⁉」

肩が乱暴につかまれたかと思うと強い力で押され、加恋は倒れそうになって咄嗟にフェンスをつかんだ。

男子の一人がすぐ横を蹴りつけたため、フェンスがガシャッと音を立てて揺れる。

悲鳴が漏れ、反射的に体が横に逃げていた。傘の柄をしっかり腕に抱きながら目を瞑る。

「ち、近づかないで……っ」

「はぁ？　よく、聞こえねーなー。もう一回言ってみろよ！」

「三浦さんさー。わかってる？　俺ら、君の学校も名前ももうわかってんだよ。これから毎日、お迎えに行ったっていいんだけどー？」

男子たちは、「いいのかー？」と嫌な笑い方をした。

強い力で手首をつかまれ、グイッと引っ張られる。

「キャアッ！」

悲鳴を上げた拍子に、握り締めていた傘が手から離れて足もとに落ちた。

ひっくり返ったその傘が雨水を受ける。

「触らないでっ!!」

「うるせーな。ただ、ちょっと俺らと遊んでくれたらそれでいいんだよ」

「あっちに行って……私に近づかないで!!」

加恋はありったけの声で叫びながら、鞄を大きく振った。

「あーっ、面倒くせ。こいつ、大人しくさせろ!」

男子の一人が命令すると、別の男子が手を伸ばして押さえつけようとする。

「やめてっ、来ないでっ!!」

「騒ぐんじゃねーよ!!」

怒鳴った男子の顔に無我夢中で振り上げた鞄が命中する。

その男子は顎を押さえ、痛そうなうめき声を漏らした。

加恋は鞄を必死に抱きかかえながら、震えている脚で一歩ずつ、後退りする。

ただ、怖かった。怖くて怖くて、仕方なかった。

どうして、男子たちがしつこく絡んでくるのかもわからない。カラオケの時、話しかけられても素っ気ない返事しかしなかったからだろうか。

今日、うまく逃げたとしても、彼らの言う通り、今度は学校まで来るかもしれない。

（どうしよう………っ　どうしよう……っ）

誰に助けを求めればいいのかも、思いつかない。すでに頭の中は真っ白になっていて、冷静な判断などできなかった。

恐怖と不安のせいで、心臓の音が速くなる。息をするたびに、その音が大きくなる気がした。

全身雨に打たれ、髪や顔から滴が落ちる。

助けてという言葉を、息と一緒にのみ込んだ。

誰かに助けを求めても仕方ない。助けてくれる人なんてこの場にいない。

自分でどうにかするしかない。自分を守れるのは自分だけだ。

拳を振り上げてくる男子を見て、加恋は咄嗟に鞄で自分の顔をかばう。

振り下ろされたその拳はかろうじて鞄に当たったものの、その衝撃で大きくよろめき、水たまりのできているアスファルトにドサッと倒れた。

「ふざけんなっ！」

相手は顔を真っ赤にしながら、加恋に再び殴りかかろうとする。

「おい、もうやめろよ……脅すだけって……」

さすがにマズいと思ったのか、男子の一人が止めようとする。けれど、加恋を殴ろうとしている相手は、すっかり頭に血が上ってその声も耳に入らないのだろう。

倒れた時にすりむいた膝の痛みも、雨に濡れることも今はかまっていられなかった。

加恋は転がってすっかり雨水のたまっている自分の傘をつかむと、「うわあぁっ!!」と叫びながら闇雲に男子に叩き付ける。水がかかり、傘が相手の脚に当たった。

相手が怯んでいるあいだに、震えている膝に力を込めて立ち上がる。

「触らないで……って言ってるでしょう……っ!!」

精一杯相手を睨みつけて、声を押し出した。

振り回したせいで鞄の口が開き、ノートやペンケースが水たまりの上に落ちてしまっている。その鞄の持ち手を、強く握り締める。その時だ――。

「おいっ、なにやってんだっ!!」

大きな声が雨音をかき消すように響き、加恋はビクッとする。

男子三人も声がした高架下に視線を移していた。

そこにいたのは、制服姿の恵だ。

ビニールの傘を投げ捨てて駆け寄ってくる彼を見て、加恋は目を見開く。

瞳に額から垂れてきた滴が入り、視界がぼやけた。

（な……なんで……）

偶然通りかかるような道ではない。それとも、駐輪場に自転車でも停めていたのだろうか。

強ばっていた体から急に力が抜け、座り込みそうになる。自分が思う以上に、知っている相手が来てくれたことに安堵していた。

「誰だよ、お前。関係ねーのに邪魔すんな!!」

男子の一人が、恵に向かって不快そうに吐き捨てる。

「関係なくねーよ!!」

大声で言い返すと、彼はかばうように加恋の前に立った。

「お前らこそ、なにしてんだよ……っ！」

低い声でそう言うと、男子のシャツの襟をつかむ。その反対の手は、すでに握り拳を作っていた。締め上げられた男子の口から、苦しそうな声が漏れる。

恵が拳を振り上げるのを見て、「もういいよ！」と加恋は咄嗟に声を上げた。

他校の生徒とケンカなどすれば、野球部にいられなくなる。そうでなくても、試合には出させてもらえなくなるだろう。

恵は拳を止めると、一度目を伏せてから突きはなすように男子の襟から手を離していた。

「おい……行こうぜ」

男子たちは気まずそうに視線を交わし、背を向けて歩き出す。

その一人が加恋を憎たらしげに一瞥し、「チッ」と舌打ちした。

「……男がいんのかよ。聞いてねーよ」

「クソつまんねー……」

「ゲーセン行こうぜ」

男子たちの声と姿が遠ざかるまで、加恋も恵も黙ったまま雨に打たれていた。

どれくらい経ってからか、加恋はようやくしゃがんで落ちているペンケースに手を伸ばす。

恵もハッとしたようにしゃがんで、ノートを拾った。

ノートを差し出されたが、恵の顔を真っ直ぐ見る勇気が今の加恋にはなかった。

「……ありがとう」

うつむいて小さな声で言うと、ページがすっかり濡れてしまっているそのノートを、汚れたペンケースと一緒に鞄に入れる。

傘を見ると、金具部分が壊れていた。お気に入りの傘だ。

中学の頃から大事に使ってきたものだったのに——。

制服も靴もずぶ濡れで、すりむいた膝からは血が雨と混ざり合って流れる。

「……大丈夫か？」

恵が立ち上がり少し前かがみになって、手を差し出していた。その短い髪の先からも滴が垂れる。

気づかうような彼の瞳に、今にも泣き出しそうなクシャクシャの自分の顔が映っていた。

情けなくて、惨めで、打ちのめされたような気分だった。

いくら強がってみても、助けてもらわなければ自分自身すらろくに守れない。

暗い顔になり、加恋は下を向く。

恵が遠慮がちに腕に手を伸ばしてくる。立たせてくれようとしただけだろう。わかっていたけれど、今はその手に縋りたくなくてはね除けた。

震える手でスカートをつかみ、「ごめん……」と声を絞り出す。

「もう……大丈夫だから……私にかまわないで……」

下を向いたまま言うと、加恋はふらつきながら立ち上がった。そして落ちている壊れた傘を拾う。

恵は手を引っ込めると、それ以上なにも言ってこなかった。

三

壊れた傘を折りたたんでバッグに押し込むと、ひどく重く感じる足を動かす。

(なんだか、疲れたな……)

書店の前で立ち止まり、ドアの奥に見える文具コーナーに視線をやる。

「そうだ、ペンとノート……」

ポツリと呟き、ドアを押し開いて店に入った。

制服も肌も濡れたままだから、よく効いた冷房の風が寒かった。

文具コーナーに行くと、ペンの前に試し書き用の紙の束がおかれている。

いつも買うお気に入りのペンを見つけて、手を伸ばした。

今日は本当は――。

放課後はこの書店でペンとノートを買って、続きが気になっていた小説を買って帰るつもりだった。

マンションの近くのスーパーで買い物をして、家に帰ってから夕飯を作る。食べるのは両親が帰ってからだから、九時過ぎになるだろう。

夕飯を食べて、お風呂にゆっくりと入り、部屋に戻って買ってきた小説を読むのを楽しみにしていた。

本当は、そういう一日になるはずだったのに――。

日記に書くような特別なことはなにもないけれど、ささやかな満足は得られただろう。早希に頼まれた時、断っていればよかった。『ごめん、私も今日は用事があるんだ』とはっきり言っていれば、こんな目に遭うこともなかった。

簡単なことだったはずだ。それなのに、断れば彼女が不愉快に思うかもしれない、嫌われるかもしれないと、勝手に忖度して、断る言葉を口にできなかった。

ペンを握り締めたまま、試し書き用の紙を見つめる。

(なんで……こんなに……変われないんだろう……)

中学の頃からそうだった。

友人たちの顔色をうかがって、嫌われないように話を合わせて頷くばかり。本当に心に思っていることは口にできなかった。

そうやって合わせていれば、孤立することはない。陰口を言われたり、嫌がらせを受けることもない。全部、自分を守るため。自分の居場所を守るために、必要なことだと思った。

女子たちの陰口にも、『だよねー』と頷いて一緒に笑っていた。

自分だけではない。みんなも言っているから。その言葉を、言い訳にしながら。

彼女も──アリサも同じだったのだから、と。


中学一年の頃、最初にクラス内で孤立していたのは加恋のほうだった。かわいい小物やグッズが好きで、学校に行く時もお気に入りのリボンをしていたら、それだけで男子に媚びている、調子に乗っていると、陰口を言われるようになった。

見せびらかしたかったわけでもない。ただ、好きだっただけなのに。

机に心ない落書きをされることもよくあった。ゴミや悪口を書いた紙を押し込まれていたことも──。

助けてくれる人なんていなくて、女子たちはみんな誰かに嫌われることを怖れて、まわりに同調し、加恋に話しかけてはこなかった。

声をかけても、いつも無視されるか、不愉快そうな態度をとられるだけ。

なぜ、こんなに嫌われなくてはいけないのか。

いったい、自分のなにが悪かったのか。

席にポツンと座って、毎日、考えていた。

他の生徒たちと同じように、学校に来て、普通に笑って過ごしていただけだ。

目立ちたいわけではなかった。調子に乗っていたつもりもない。

男子に媚びているなんて言いがかりだ。むしろ、男子は苦手で自分から積極的に話しかけたことはなかった。

そう訴えてみたところで、誰も聞いてくれはしない。理解してくれる人もいない。

傷ついて、何度泣こうと、叫ぼうと同情してくれるわけでもない。

自業自得だ、白々しいと、また陰口が増えるだけ。

助けてくれる人間などいない。

暗く、狭いこの世界から、手を引いて連れ出してくれる人なんていない。

彼女も同じだった――。
他の女子たちに話を合わせて、笑っていた。

同罪だ。そう思った。

だから、彼女が今度は代わりに孤立して、クラスで悪口を言われて、嫌がらせを受けるようになっても、それは仕方がないことで、当然の報いなのだと。


そう、思った――。

昨日まで、自分の陰口を叩いていた女子たちと一緒に彼女の悪口で盛り上がり、『だよねー』と追従して笑った。

もう、孤立して辛い思いをすることはない。嫌がらせも受けなくてすむ。

望んでいた、普通の学校生活を送れると。それは簡単なことだったと、内心はホッとすらしていた。


たった一人で給食を食べて、話す相手が誰もいなくて、些細なことでも陰口を言われて、嫌がらせをされることがどれほど辛いか。心ない言葉がどれだけ心に深く、癒えない傷を残すのか、知らないわけではなかったのに。

気づかないふりをした。見て見ぬふりをした。

辛そうな表情で窓の外ばかり見つめていた彼女のことを。時折、なにか言いたげに向けられていた瞳も。

本当は——。

彼女が孤立したのも、悪口を言われるようになったのも、加恋のためだった。

あのまま、他の子たちに合わせて、加恋の悪口を言って笑っていれば、アリサが代わりにターゲットにされることはなかった。
そうするのが本当は賢いのだと、彼女もわかっていたはずだ。
誰もが誰かに合わせて、誰かを犠牲にして、自分の居場所を守っているのだから。
彼女だけが悪かったわけではない。

それなのに、手なんて差し伸べようとするから。
助けようとするから――。

『このままじゃダメだって！』

中学の時、教室に入ってきた彼女の、決意を込めたような強い声が、あの時のまま聞こえた気がした。

（そう……だよ……）
加恋の潤んだ瞳から、涙がこぼれて頰を伝う。
誰も助けてくれなかったわけではない。
辛くて、辛くて、『もうやめて』と、胸が張り裂けんばかりに叫んだその声を、誰一人聞いていなかったわけではない。

暗がりにいた自分に手を伸ばして、そこから引っ張り上げようとしてくれた人はいた。

その手を振り払い、自分のかわりに、その場所に突き落としたのは、他でもない――

『私』だ。

言い訳をして、自分の醜さから目をそらし、自分だけが助かろうとした。

本当は別の選択が、別の未来があったはずだ。

もう少しだけ勇気を持てていたら、もう少し自分の心に素直になれていたら。

彼女と普通に友達になって、一緒に給食を食べて、ショッピングモールで買い物をして、

立ち寄った書店で、好きな小説やマンガの話ができたかもしれない。

そうしていたら、中学三年間もあんなにつまらない日々ではなく、もっと楽しくて、充実したものになっていただろう。

思い出したくもない日々だなんて、思わなかったはずだ。

同じ高校に進学して、今も――。

気づくと、涙が止まらなくなっていた。こぼれた滴が、試し書きの紙を濡らす。
なぜ、それができなかったのだろう。なぜ、そうしなかったのだろう。

中学の頃、クラスの女子たちと一緒にいて楽しいと思ったことなどなかった。
女子たちのほうも、加恋のことを友人だと思っていたわけではないだろう。
毎日誰かの悪口ばかり。嫌がらせをして反応を見て、クスクス笑っている。
本当はそんなことをしたくなかった、なんて綺麗事を言うつもりはなかった。
一緒にいて、同じことをしていたのだから同罪だ。

けれど、もし――。
あの時、一度でもいい。勇気を振り絞って、『もうやめよう』と言えていたら。悪口を言う女子たちの言葉に頷くのではなく、『私はそうは思わないよ』と言えていたら。

自分をこんなに、嫌いにならなくてすんだだろう。
加恋はペンを強く握り締めたまま、目を瞑る。
高校に入ってからも、なに一つ変われていない。
孤立するのが怖くて、友人の顔色をうかがってばかり。

嫌なことを、嫌と言うこともできず、笑ってごまかして、自分を守ることに、自分のいる小さな世界を守ることに必死になっている。

自分にとって、一番大切なものはなにか、本当はわかっているくせに。

今のままでは、また以前のようにその大切なものを、失ってしまうだろう。


変わらなければ――。

同じ過ちを繰り返さないために。

今度こそ、本当の自分の居場所を作れるように。


長い髪を両サイドでキュッと結んだ、アリサの後ろ姿が瞼の裏に浮かぶ。

きっと、あの時の彼女も、同じ気持ちだったのだろう。

三年を経て、ようやく彼女の声が、胸に届いた気がした。


(遅いよ……遅すぎるよ……っ)

こぼれる涙が、自嘲の浮かんだ唇に触れて落ちる。

もっと早く、気づけていればよかった。

そのあいだに、どれほど多くの大切なものを失ったのか。

無意識に、加恋は濡れている制服の胸もとをつかんでいた。

「あれ……三浦さんだっけ？」

不意に名前を呼ばれて、弾かれたように顔を上げる。

店を出ていこうとしていた桜丘高校の制服の男子が、足を止めていた。

前髪をピンで留めた、軽そうな雰囲気の男子だ。

「し……柴崎君……」

動揺したように、声が小さくなる。

以前、アリサと一緒に歩いていた柴崎健は、ずぶ濡れで立っている加恋を見て目を丸くしている。

彼が自分の名前を覚えていたことに驚いた。

健とは同じクラスになったことはない。中学一年の時、時々教室に顔を出していたのは覚えている。彼の友人が同じ教室にいたからだ。

加恋は彼と話したことはなかった。女子たちのあいだでは、たびたび話題になっていた人だから、顔と名前を知っている程度だ。

だから、彼のほうが加恋を知っているとは、少しも思わなかった。

健は中学の頃の自分のことを知っているのだろうか。他の友人たちと一緒になってアリサのことを悪く言っていたことも。

もしかしたら、アリサ自身から聞いたのかもしれない。

アリサは——あの頃のことをどう思っているのだろう。

加恋は握り締めたままだったペンを棚に戻すと、スッと視線をそらした。

健は自分の前髪に手をやり少しだけ考えてから、足の向きを変えてそばにやってくる。

「えーと、久しぶり？ そんなに話したことなかったけど、同じ中学だったよなー。アリサちゃんと同じクラスだったんだっけ？」

彼はニコーッと人なつっこい笑みを浮かべて話しかけてくる。

彼の口から、自然にアリサの名前が出ることに少し驚きながら加恋は視線を戻した。

「柴崎君は……アリサ……高見沢さんと付き合ってるの？」

そう尋ねると、健は数秒沈黙する。その顔が意外にも赤くなっていた。

「あー……っと……残念ながら、片想い中？」

口もとに手をやりながら、彼ははにかんで答える。

加恋は思わずその顔を見つめた。

「そう……なの……」

「ところでさ……気になってたんだけど、なんで、そんなずぶ濡れになってんの？」

彼は軽い口調できさながら、手持ち無沙汰のように試し書き用のペンを手にとっていた。

「か、傘が……壊れて……」

咄嗟にそう答えると、健はペンに向けていた視線を加恋に戻す。

「急に降り出したよなー。俺も駅に向かう途中だったんだけど、傘持ってなくて、あわてこの書店に入ったんだよ。しばらく待ってれば、止むかと思ったんだけど、なかなか止まなくてさー」

健はドアのほうを見て、「おっ、雨上がってる」と嬉しそうな顔をする。

つられて加恋も視線を外に向けると、濡れた地面に夕日が差していた。

「三浦さんも濡れたままじゃ風邪ひくから、早めに帰ったほうがいいんじゃね？　今のうちにさ」

健は雰囲気も印象も変わった。以前より、話し方も、笑い方も自然な気がする。

中学の頃、女子たちと話している時の彼は、もう少し空々しい笑い方をしていたから。

「柴崎君……高見沢さん、元気にしてる？」

加恋は気づくと、そう尋ねていた。

アリサと名前で呼ぶのは躊躇われた。自分たちは友人と言えるほど親しくはなかった。

同じ学校に通っていたクラスメイト、というただ——それだけだ。

きっと、彼女のことを健のように名前で呼ぶ資格は自分にはないのだろう。

けれど、「アリサちゃんなら」と健はわざわざ言い直す。それから加恋に向かって、笑顔を見せた。

「元気にしてるよ。三浦さんは？」

逆に問い返されて、加恋は戸惑うような表情で彼を見た。

（私は………）

嘘でも、『元気だよ』と答えればいいのに、その言葉が出ない。

「……高見沢さん、高校で楽しそうにしてる？」

健と一緒に歩いていた時の彼女は、以前とは違って生き生きとしていた。

暗い顔も、思い詰めたような表情もしていなかった。きかなくても、楽しくやっているのだろう。

「クラスでも、うまくやってる？　友達も……できたのかな？」

「気になんの？」

健は瞳を真っ直ぐ加恋に向けてきき返してくる。

「気になんならさ。自分できいてみれば？　友達、だったんだろ？」

「友達………じゃないよ………」

（友達だなんて……言っていいはずがないよ……あんなに……あんなに、ひどいこと……

したのに）
きっと、アリサはもう——。
加恋は眉間にギュッと力を込める。

「え？　じゃあ……親友？」

「ち、違うよっ！」

顔を上げてあわてて答えると、健はおかしそうに笑っていた。

「よく知らねーけど、アリサって呼べば？　そう、呼んでたんだろ？　中学の頃」

最初、アリサの名前を思わず口にしてしまったことに彼は気づいていたのだろう。

恥ずかしく思えて、加恋は赤くなった顔をうつむいて隠す。

「友達じゃないやつのことなんて、そんなに気にしないよな？　アリサちゃんもさ、同じだと思うよ」

健はフッと笑うと、「じゃあな、三浦さん」と軽く手を振って店を出ていく。

（アリサも………？）

加恋は顔を上げ、急いで濡れた頰を拭った。

「柴崎君、待って!!」

鞄を持つ手に力を込め、彼を追うように外に出る。

雨雲が去った後の空は黄金色に輝いていて、時折雨粒を落としていた。

「柴崎君！」

もう一度呼ぶと、健が立ち止まって振り返る。

加恋は『高見沢さん』と呼びかけた唇をギュッと閉じると、もう一度、意を決したように口を開いた。

「アリサに会ったら、伝えて……っ！」

健は加恋のほうを向くと、笑みを浮かべたままその言葉を聞いている。

「もう少し、自分を好きになれたら……会いに行くから！」

加恋はこの場にいないアリサに向かって、精一杯声を大きくして言った。

嫌ってていい。

許さなくていい。

あの時のアリサの言葉は、ちゃんとこの胸に届いたと伝えたい。

勇気を出して声を上げてくれたことが、本当はどれだけ嬉しかったか。

中学の時、もっと話したかった。

友達になりたかった。

それなのに、弱くて、自分を守ることが精一杯で、傷つけてしまったことも、ちゃんと謝りたい。


今さら、都合のいいことを言っているのはわかっている。

最初から全部なかったことにして、やり直したいなんて言わない。

間違えてしまった道を引き返すことはできないことくらい知っている。

だからせめて、今度こそ、正解へとたどり着ける道を探したい。


そう、思っていいのだろうか。

そう、望んでもいいのだろうか──。


「なんかさ……三浦さんとアリサちゃんって、似てるんだな」

健はそう言って、歯がゆそうにクシャッと笑う。

「そう……かな？」

「似てるよ。なんつーか……不器用そうなところ？　そんなこと言ってないで、今すぐ会いに行けばいいのに」

本当にその通りだと、加恋は彼につられて思わず笑みをこぼした。
けれど、今の自分はまだ弱いままだから、変われた自分で会いに行きたい。
あの時の彼女のように、強く誇れる自分でありたい。
過去の自分と向き合って、『ごめんね』と真っ直ぐな気持ちで伝えられるように。
「……ちゃんと、伝えるよ。アリサちゃんに」
健は真面目な顔になって言うと、またすぐに笑っていた。
駅に向かう彼の後ろ姿を見送ってから、加恋は頭を下げるように下を向いて微笑んだ。
（ありがとう、柴崎君…………）

Change4 ～変化4～

Change 4 ～変化4～

一

夜、夕飯の片付けを終えてから部屋に戻った加恋は、机に向かい引き出しを開く。日記帳を取り出そうとした手を止めて、奥にしまっていた黄色のリボンに手を伸ばした。

辛くて、苦しくて、逃げ出したくなるような日々だった。

けれど、悪いことばかりではない――。

体育の授業の時、更衣室で初めてアリサに話しかけた。

些細な会話だっただろう。アリサがいつもバッグにつけていた小さなマスコットを拾ったから、それを渡そうとした。あの時、振り絞った小さな勇気を思い出す。

迷惑がられるかもしれない、嫌がられるかもしれないと思うと、すぐに声をかけられなかった。けれど、アリサは加恋がマスコットを拾ったことを嫌がるわけでもなく、喜んでくれた。

それだけのことが、本当にただ嬉しかった。

いつか、そのことを彼女に話せるだろうか――。


今までずっと、もう会うことも関わることもないだろうと思い込んでいた。

けれど、勇気を出して一歩を踏み出さなければ、いつまでも変われない。

許してはもらえないかもしれない。それでも、『ごめんね』と、あの頃素直に言えなかった一言を、今度こそちゃんと言いたいから。

アリサが教室で、『このままじゃダメだって！』と大きな声で言ってくれた時のように。

今の自分の気持ちを、思っていることを、彼女に伝えたい――。


(今度は、私が会いに行くから……)

加恋はリボンを強く握り締め、瞼を閉じる。

「加恋、紅茶をいれたけど飲む？」

ドアのノックの後で、母の声がした。

それに、「うん、行くよ」と返事をして、リボンをもう一度引き出しにしまう。

思い出したくない、消してしまいたい過去ではなく、向き合えるように——。

休み明け、加恋はいつもより緊張しながら登校する。リボンで髪を結んだのは久しぶりのことだった。中学の頃に使っていた黄色のリボンではなく、休み中に新しく赤いリボンを買った。スカートの丈もいつもより少しだけ短めだ。

アリサがストレートの長い髪を、結んできた日のことを思い出す。

(アリサも、同じ気持ちだったのかな……)

ほんの少しだけ怖い。それでも、最初の一歩を踏み出さなければいつまでも立ち止まったままでいるしかないから。

校舎に入ると、他の生徒たちも続々と登校してきたところだった。賑やかな声が聞こえてくる中、加恋は少し強く唇を結んで下駄箱から自分の上履きを取り出す。

「おはよう」

声をかけられて、加恋はドキッとしながらゆっくりと振り向いた。

ズボンのポケットに両手をいれたまま立っていたのは隅田恵だ。

加恋は彼と目が合うと、ニコッと微笑んだ。

「おはよう……」

小さな声で返すと、彼は驚いたような顔をする。

なんだか気恥ずかしいような気がして、加恋はパッと視線を外し、上履きに履き替えた。

そのすぐ横を通っていったのは、相川早希と伊原リエだ。二人とも、「でさ〜」と楽しそうに話をしている。

「おはよ……」

加恋は咄嗟に声をかけたが、言い終えるより先に早希が不愉快そうに顔を歪めて舌打ちする。そのまま、二人は加恋のことを無視して立ち去ってしまった。


カラオケの後、男子たちに追いかけられ、恵に助けられてずぶ濡れで家に帰った。あの後、早希やリエは連絡をくれなくなった。

加恋から送ったメッセージは既読にもなっていない。

だから、きっとこうなる気はしていた――。

階段を上がっていく彼女たちの後ろ姿に、中学一年の頃のクラスメイトの姿が重なる。

あの頃も、声をかけても返事すらされなくて、目に入らないとばかりに無視され続けていた。

作った笑みが、消えそうになる。

また、下を向こうとしていることに気づいて、加恋は少し無理をして前を向いた。

(わかっていたことじゃない…………)

傷ついても、また一人になっても、もう、過去の自分には戻らない。

そう心に決めた。もう、自分の正直な気持ちを裏切らない。

(大丈夫、わかってくれる人はきっといるよ……)

深呼吸してから、もう一度笑みを作って歩き出す。

一人になることにも、嫌われることにも、慣れている。その心の痛みなら、もうとっくに知っている。怖くない。今の自分は、あの頃の自分ではない。

階段を上がって教室に入ると、クラスメイトたちは好きなところに集まって話を弾ませていた。いつもなら、教室に入れば自分の席について、早希やリエと話をしながらHRまで暇を潰していただろう。

けれど、二人は加恋が教室に入ってくるのを見ると、一瞬白けたような顔をしてから、すぐに席を立っていった。女子たちのグループのところに行くと、話に加わってわざとらしく笑い声を上げる。

「おはようっ！」

少し大きな声を上げると、緊張のせいで心臓の音が大きくなる。

クラスメイトたちが一瞬、話をやめて振り返った。

女子たちが「なにあれ……」と、クスクス笑っているのが聞こえてくる。

「あの子、どうしたの？」、「あのリボン、なに？」と、小声で嘲笑されているのも耳に入ってきた。

そんな反応をされるのも、わかっていたことだ。

まるで、中学一年の頃に戻ったかのようだった。

加恋は不安になりそうな自分に、何度も大丈夫と言いきかせて席に向かう。

あの頃とは違う——。

（変わらなきゃ……）

椅子に座ると、「頑張ろう」と小声で呟いた。

二

ようやく午前中の授業が終わって昼休みになると、加恋はホッと息を吐く。

教室の中を見まわすと、みんな弁当を手に席を移動していた。


中学一年の頃、ポツンと一人で席に座り、いつも給食を食べていた。あの頃は、それが当たり前だった。まわりで楽しそうにおしゃべりしているクラスメイトの声を聞きながら、何度涙を堪えたかわからない。あの頃より、今のほうが少しだけマシなように思えた。給食ではないから、教室で食べなければいけないわけではない。


加恋はフッと息を吐いて、席を立つ。

弁当と水筒を手に移動しようとした時、誰かと肩がぶつかってよろめいた。

反射的に近くの机に手をついて振り返ると、「リエ、私、売店行くけど」と言いながら早希が立ち去るところだった。

「待って、早希」

思い切って呼びかけると、彼女は一瞬だけ加恋に視線を向ける。

ひどく棘のある視線だった。煩わしい相手を見るようなその目に、言葉が続かなくなる。

彼女は顔をそむけると、リエと一緒に教室を出ていく。

加恋はそれを、ただ見送ることしかできなかった。

（仕方ないよ……）


教室を出ると、廊下を通り抜けて屋上に続く階段へと向かった。そこのほうが、教室より落ち着いて弁当を食べられそうだと思ったからだ。

トイレの前を通りかかった時、中から女子数人の話し声が聞こえてくる。洗面台の前に並んで、メイクを直しているのだろう。

「早希、この前さー、隅田に告ったらしいよー」

聞こえてきた会話に、思わず足が止まる。

「えーっ、意外じゃない？　早希って、もっと遊んでるっぽい男子のほうが好きだと思ってたけど。だって、隅田って真面目でしょ？」

「でもさー、かっこいいよねー」

「まさか、付き合うことになったとか？」

「振られたんじゃないのー？　一緒にいるところ、全然見なくなったし」

女子たちは「だよねー」と、笑い合っている。

『隅田って、かっこいいよね。私貰っちゃっていい？』


加恋の机に腰をかけて、そうきいてきた早希のことを思い出した。

（早希……告白したんだ……）

テストの日に、彼女は恵に駆け寄って一緒に帰っていた。あの日のことだろうか。

加恋は女子たちがトイレから出てきたことに気づいて、急いで退く。


「隅田って、好きな子いるらしいよー。告白した子が、聞いたって」

「えーっ、クラスの女子？」

「中学の頃の友達とかじゃないの？」

「わかるーっ、初恋引きずってそうだよねー」

立ち去る女子たちの話し声を聞きながら、加恋は少しだけ視線を下げた。


一度、きっぱり断ってしまったのだから、彼ももうその気はないだろう。

朝、挨拶してくれるのも、クラスメイトだからだ。好きな子がいるというのも、きっと断る時の言い訳か、そうでなければ他に好きな相手ができたのだろう。

（私じゃないよ……）

あんなにひどい言い方をして振ったのだ。それに、ひどい態度ばかりとってきた。

先日助けてくれたことも、『ありがとう』とまだちゃんと言えていない。

どんなふうに、伝えればいいのかわからなかった。あの時の状況をうまく話せる自信もない。彼にとっても、あまり思い出したいようなことではないのだろう。

巻き込んで嫌な思いをさせてしまった。それなのに、彼が好きでいてくれるはずがない。

期待するのは——。


（期待……？）

加恋はゆっくりと顔を上げる。

まだ、好きでいてほしいと思っているのだろうか。

「隅田ーっ」

不意に男子の声が聞こえて、心臓が小さく跳ねる。

振り返ると、廊下を歩いていた彼に数人の男子が駆け寄るところだった。売店に行っていたのか、手にしているのはパンの袋だ。

男子たちと話をしながら教室に入ろうとした彼が、不意に足を止める。

視線に気づいたように急にこちらを見るから、加恋は不自然に顔をそむけてしまった。

足の向きを変えて、急ぎ足でその場を立ち去る。

まるで走った後のように鼓動が速くなっていた。

屋上に続く階段を駆け上がると、ドアを開いて出る。

目が眩みそうになるくらい日差しが強い。

誰もいないことにホッとしながらフェンスに歩み寄り、加恋は弁当を抱えたまましゃがんだ。

(一度、あんなふうに言ったのに……都合がいいよ)

そんなふうに思うと、なぜか胸が苦しくなる。

その苦しさの正体を、今はまだ知りたくはなかった。

西日が差している裏庭に、笛の音が響く。プールで水泳部が練習しているのだろう。

水音と人の声も聞こえてくる。熱を含んだ風がフェンスに沿うように植えられた木々の葉を揺らす中、加恋は一人、そのそばにかがんでいた。

金網のあいだから精一杯手を伸ばしてみるが、フェンスの向こうに落ちている赤いリボンには届かなくて、「んーっ!」と思わず声が出た。

体勢を崩してふらつき、咄嗟に金網をつかむ。蟬が小さく鳴いて飛び去ったのは、フェンスが揺れて驚いたからだろう。

加恋は諦めて手を戻し、手のひらや腕についた葉っぱを払い落とす。

今日の体育の授業はプールだった。そのため、着替える時にリボンを外して更衣室のロッカーにおいていたのだが、授業が終わって更衣室に戻るとなくなっていた。

放課後になってプールの周辺を捜しまわり、ようやく見つけたところだ。

落としたわけではない。誰かがわざわざフェンスの向こうに放り投げたのだろう。

見上げたフェンスは、登れないほど高いわけではない。まわりに見ている人もいない。

加恋は少し躊躇してから、フェンスを両手でつかんでグイッと体を持ち上げる。

金網に足を引っかけようとしたけれど、靴が滑ってしまう。

（もうちょっと、勢いつけたら……）

加恋は一度地面に下りてフェンスから離れると、助走をつけた。けれど、登るのに失敗してドスンッと尻餅をつき、「痛たっ」と声が漏れる。

一瞬諦めようかと思ったけれど、首を横に振ってその弱気な考えを振り払った。

このまま諦めてしまうのは悔しかった。それにあれは大事なリボンだ。

「絶対、拾って帰る！」

決意を声に出すと、地面に手をついて立ち上がる。

もう一度挑戦しようとした時、「三浦さん？」と怪訝そうな声がした。

その声にビクッとして振り返ると、野球部のユニフォームを着た恵がグローブを手にやってくる。部室から出てきたところのようだ。授業が終わった時、担任の先生に呼ばれていたからそのせいで部活に行くのが遅れたのだろう。

どうしようと一瞬迷うように、加恋の視線が泳ぐ。

「な、なんでもないよ……」

恵はそばにやってきてフェンスの先に目をやった。それから確かめるように、加恋の髪を見る。

「あれ、三浦さんの？」

恵は返事を待たず、「持ってて」とグローブを預けてくる。

加恋は驚いて、彼の顔を見た。

地面を蹴って金網につかまった恵は、軽々とよじ登って向こう側に飛び下りた。

加恋があっけにとられているあいだに、彼はリボンを拾って再び金網を登って戻ってくる。

「ほら」

リボンを差し出されて、加恋は手を伸ばす。

「あ……ありがとう……」

小さな声で言うと、受け取ったリボンをギュッと握り締めた。

なにか言わないとと思うのに、うまく言葉が出ない。

彼が振り向くと同時に視線を逸らした加恋は、無意識に胸に押しつけていたグローブのことを思い出して、「これ……っ」と彼に返した。

トクトクと胸が鳴るのがわかって焦って下を向く。


あの雨の日、恵は駆け付けてきてくれた。

彼が来てくれなければ、もっとひどい目に遭っていたかもしれない。

彼の姿を見た時、体から力が抜けてしまうほどホッとした。

それなのに、あの時は動揺してしまっていて、怖くて、心配して手を差し出してくれた彼をその場に残し、逃げるように立ち去った。思い返してみると、本当にひどい態度だった。


（謝らなきゃ…………）

あの時のことだけではない。告白してくれた時に、投げつけた拒絶の言葉も。

いつも挨拶をしてくれたのに、ちゃんと答えなかったことも。

『キモイ』と、軽蔑するように吐き捨てたことも――。

（ひどいことばかり言ったよね……）

嫌われてもしかたない。きっと、失望しただろう。

加恋はリボンを握った手に少し力を込めると、顔を上げる。

「あの……ごめ………っ」

「ゴメン」

言いかけた言葉を先に言われて、加恋は驚いて彼を見た。

帽子のつばを少し下げるようにしながら、恵は唇を結んでいる。

彼に謝られるようなことなど一つもない。むしろ、自分が言わなければいけないことだ。

加恋のほうを向いた恵の眉間には、ギュッとシワが寄っている。

「俺のせいかも……」

そう言って、彼は申し訳なさそうに視線を下げた。

早希のことを言っているのだろう。恵が彼女の告白を断ったという噂なら耳にした。

あの雨の日の出来事も、もしかしたらそのことが原因なのかもしれない。

急に早希やリエが無視するようになったのも、このリボンのことも――。

恵はもう一度、「ごめん」と繰り返す。

加恋は肩の力を抜いて、小さく笑みを作る。

「いいよ……」

原因は一つだけではない。恵が早希の告白を断らなくても、いつかは同じ結果になっていただろう。

あの二人のそばに、自分の居場所はなかった。きっと最初から――。

それだけのことだ。早希のことを責めるつもりはなかった。

悪いのは彼女だけではない。自分も同じだ。

孤立するのが怖くて、都合よく彼女たちを利用していたと言われればそうなのだから。

そんな歪な関係が、長続きするはずがない。


「隅田君が悪いんじゃないよ……私が悪いんだから」

「三浦さんが悪いんじゃないだろ……」

「私だよ……ダメだね……友達の作り方を知らなくて」

ヘラッと笑ってごまかしてから、「そうだ」と話を変える。

「どうして、この前……駆け付けてきてくれたの？」

「え……？」

「駐輪場のそばで……」

どうして彼があの場にいたのか、気になっていた。駅の裏手で、人はあまり通らない場所だ。

たまたま通りかかったわけではないだろう。駐輪場に自転車を停めていたからだろうか。

恵は一瞬黙ってから、フィッと顔を逸らした。

「三浦さんが……走って逃げんのが見えたから……」

「それで、心配……してくれたの？」

驚いてきくと、恵はグィッと帽子のつばを下げ、「するに決まってる」と表情を隠したまま答える。

「俺、部活、あるから……」

そう言うと、彼は駆け足で校庭に向かう。その後ろ姿を見つめていた加恋は我に返って、「ありがとう！」と大きな声を上げた。

その声が届いたのか、恵がクルッと後ろを向く。

「あのさ、そのリボン……似合ってる！」

彼はそう言うと、気恥ずかしそうにニッと笑う。そのまま足の向きを変え、全力疾走するように走っていってしまった。

びっくりして目を見開いていた加恋は、握り締めていた自分のリボンに視線を落とす。

急に頬の熱が上がり、赤くなっていた。

「初めて……言われた……」

中学の頃もリボンをつけていたけれど、後ろ指をさされて、笑われてばかりいた。

リボンを持っている手の甲で、口もとを押さえる。
嬉しくて、我慢できず口もとが緩んだ。
そんなこと、今まで誰も言ってくれたことはなかったから――。
心臓の音まで弾んでいた。加恋は顔を上げると、恵が立ち去ったほうを見つめる。
もう姿は見えず、風がリボンの端と加恋の髪を軽やかに揺らす。
こんなに自然な気持ちで笑えたのは、いつぶりだろうか。
すっきりした気持ちになって、青く澄みわたる空を見上げた。

間違えることもあった。誰かを傷つけたり、傷つけられたりすることも。
決して綺麗ではない。けれど、自分が選んだ道もそんなに悪くはないのだろう。
ここにいることにも意味はあって、きっと大切だと思える誰かとの出会いはある。
だから、そんなに悪くはない――。
加恋は少し汚れてしまったリボンを、髪に結び直した。

(今の私は嫌いじゃない)

学校の帰り道、加恋は書店の前で足を止めると、『そうだ』と思い出してドアを開く。

いつものように文具コーナーに立ち寄ると、新しいペンが並んでいた。

その中の一本を手にとると、いつかの試し書きの用紙に書いたやりとりを思い出して口もとを緩める。

紙に書いてみると、キラキラとしたパステルカラーのインクだ。

「うん、かわいい」

独り言を漏らしながら微笑む。


——あの日、この書店の前を通りかかった時、この文具コーナーの前に、まだ新しい制服を着て、少しも汚れていない新品の部活のバッグを提げた男子がいた。

きっと、同じ中学一年生なのだろう。

髪は短くて、背は加恋のほうが少し高いくらいだった。

イタズラでもするように楽しそうに笑っていた彼は、試し書きの紙になにかを書くと、友人たちに呼ばれてすぐにペンを戻し、その場を離れていった。

『CHICO with HoneyWorks　サイコー!!』

試し書きの紙の隅に残されていた、勢いで書いたような青ペンの文字。おまけに、二カ所も綴りが間違っている。けれど、つい浮かれたくなる気持ちが、なんだか自分と同じで、クスッと笑って赤ペンをとった。

あの頃は、期待することも、やりたいことも、好きなこともたくさんあって、始まったばかりの新しい日々に胸が弾んでいた。

誰かの目を気にすることはない。誰かに嫌われることを怖れることもない。
好きなことを、胸を張って好きと言えばいい。
誰かに笑われても、それが『私』。

今の自分にはまだ少し慣れない。
けれど、楽しめそう――。

これを買って帰ろうと、色違いのペンと一緒にレジカウンターに持っていく。
会計をすませて店を出ると、空は晴れているのに小雨がぱらついていた。

虹がかかっていることに気づいて、人々が足を止めている。写真を撮っている人たちもいた。

目を細めて虹を眺めていた加恋は、新しく買った折りたたみの傘を取り出して開く。

浮かれたように傘をクルッとまわしながら、駅に向かって歩き出した。

他校の制服を着た男子と女子が一つのビニール傘に入りながら、楽しそうに歩いていた。

迷いながら、傷つきながら、それでも、人は誰かを求め、恋に落ちるのだろう。

それは決して悪ではない。変化を恐れない。

痛みを知ってゆけ。

栞はいらない。

さあ、次のページへ——。

Change5 ～変化5～

鷹野千紗（たかのちさ）
1月6日生まれ
やぎ座
絵を描くことが好き。
クラスで馴染めず、
浮き気味。

Change5 ～変化5～

一

短い春休みが終わると、またあのうんざりするような退屈な毎日の始まりだった。

二年になり多少クラスメイトの顔ぶれが変わったところで、自分には関係ないことだと、鷹野千紗は白けた気分で机に向かっていた。

HRが終わると、みんな教室を出ていく。今日はもう授業がない。千紗もさっさと帰ればいいのだが、絵を描き終えてしまいたかった。単なる暇つぶしだ。思ったようにならなくて、ため息を吐いて消しゴムでそれを消す。

描いているのは、好きな小説に登場するキャラクターの男子二人だ。それをチラッと見て通り過ぎていった男子が、「オタクかよ……」と呟く。

不快感を込めて睨んでやると、ビクッとして逃げていった。

（うるさいな……いいじゃない……なんだって）

なぜ、他人のやることに口を挟まなければ気がすまないのだろう。

誰かに迷惑をかけるわけでもない。不快だというのなら、目に入れなければいい。

他人のことに干渉する暇があるなら、英単語の一つでも覚えることに専念したほうがよっぽど有意義だろう。

余計なイラ立ちを頭から追い出し、消した顔のラインを再び描く。くだらないことを言うくだらないヤツは、どこにでもいる。それを気にしていたらきりがない。

それはもうとっくに学習済みだ。リテラシーも、デリカシーもないから、平気で他人の領域に土足で踏み込んでくる。無視するか、我慢できなければ叩き出すだけだ。

そう割り切っていても、不快感は完全には拭えなくて眉間にシワが寄る。髪を描く手も止まり、そこから進まなかった。すっかり集中力をなくしてしまっている。

その時、「あの……いいかな？」と控えめな声が教室の後ろのほうから聞こえた。

赤いリボンをしたクラスの女子だ。名前なんて覚えていない。最初から覚えるつもりもなかった。どうせ、話しかけることのない相手だ。一瞬、彼女に向けた視線を再びノートに戻す。

ほとんどの生徒は帰った後だから、この教室に残っているのは千紗と赤いリボンの彼女、そして雑談している女子二人だけだ。

「今日、提出期限のプリント、集めるように言われてて……」

話しかけた彼女を無視して、女子二人は席を立つ。

「リエ、今日さー、買いたいものあるから付き合ってほしいんだよね」

「いいよー。そういえば、新しいCD出てたよねー」

楽しそうに話しながら、二人はさっさと教室を出ていってしまった。

残された女子は、その場でうつむいている。

静かになった教室に漂うのは、気まずい空気だ。

他人のことに興味はない。どうでもいいことだ。けれど、この狭い教室の中にいれば、嫌でも視界に入ってくる。

(あの子……そういえば、体育祭の時にも一人でいたっけ)

一年の時は別のクラスだったからよくは知らない。けれど、体育祭の時、裏庭で一人弁当を食べていたのは覚えている。髪を結んでいた赤いリボンが印象的だったから――。

午後に行われたリレーで、バトンを落として笑われたりもしていた。クラスの女子が彼女に渡す時、しっかり受け取る前にわざと手を離したのだ。

どこにでも一人や二人はいる嫌われ者。特に珍しくはない。

(まあ、私もそうだけど……)

小学生の頃から、千紗に話しかけてくるクラスメイトなんていなかった。話しかけられても、無視するか、追い払うかのどちらかだったから、そのうちに誰も寄ってこなくなった。別にそれでかまわなかったし、困ることもそうなかった。誰かとつるんでベタベタしているほうが気持ち悪い。

集まったところで、せいぜい他人の悪口を言い合って、小さな自尊心を満足させるか、『私たちお友達だよね』と自ら作った檻の中に閉じこもって安心しているのが関の山だ。考えただけでも、虫唾が走る。

実際、小学生の頃はたまに気分が悪くなってトイレに駆け込んでいたから、一部のクラスメイトに不愉快なあだ名をつけられて、からかわれたりもした。

黙らなければ実力行使に出て、相手の口に拳か雑巾を突っ込んでやっていたら、そのうちに怖れられるようになり、誰も面と向かって言ってこなくなった。

おかげで周りには誰もいなくなったが、そのほうが快適だった。自分のしたいことだけしていればいい。他人に合わせて、『お友達ごっこ』をする必要はどこにもない。

だから、友達なんてものがいたことは一度もないし、それがどんなものなのかも知らない。

学校で友達の定義など習わなかった。人間なんて、面倒くさい生き物だ。

関わらないでいるほうが正解だろう。

裏ではなにを言われているかわからないのだから——。

千紗は頰杖をついたまま、窓の外に視線を移す。

気にしなければいいのに――。

彼女は机のそばでうつむいたまま動かない。無視されて落ち込んだのだろうか。だったら、最初から話しかけなければいい。

先生に頼まれてプリントを回収しなければならなかったのかもしれないが、言われた通り提出しない人間が悪いのだから、後日先生に呼び出しを食らうのは自業自得というものだ。

それまで知らない顔をしていればいい。千紗なら、そうしていただろう。

後で苦情を言われたら、『出せと言われた時に出さなかったおまえが悪い』と言って終わりだ。親切に声をかけてやって、無視されて、落ち込むなんてそれこそバカみたいだ。

お人好しなのだろうか。いかにもそういう顔をしている。立ち去った二人のほうが、共感できる気がした。人が好さそうに見えて、無意識にイラつかせるタイプなのだろう。

(私も苦手だな……だいたい、なんでリボン……？)

自分のことを、少女マンガに出てくる『悲劇のヒロイン』だとでも思っているのかもしれない。

(まあ……かわいいんだろうけど……)

人形みたいに整っていて、髪もフワフワしている。だからこそ、余計に嫌われるのだろう。嫉妬されて。

相手が自分にないものを持っているから、どれだけ望んでも、努力しても得られないものを持っているから、羨ましくて仕方ないのだろう。

醜いなと、嘲笑いたくなる。どれだけ嫉妬しても、嫌がらせをしても、その相手になれるわけでも、自分が素晴らしくなるわけでもないのに――。

(でも……私も、か……)

気に入らないなと思う感情の中に、わずかな妬みも含まれていないとは言い切れない。

彼女のようなかわいさなんて少しも持っていない。

リボンが似合うような髪型にしたこともない。かわいさとも、綺麗さとも無縁。誰かにそう言われたこともなかった。

(別に言われたくもないけど……)

「………すごいね」

急にそばで声がして、千紗は反射的に振り向く。咄嗟にノートを引き寄せて、隠すように閉じた。そのせいでペンケースに肘が当たって床に落ちる。

机の横に立っていた彼女が、『あっ』というようにかがんで、散らばったペンに手を伸ばした。

「な、なにっ⁉」

彼女がすぐ近くにいたことに気づかなかったし、まさか声をかけてくるなんて思わなかった。そのため、動揺して声が裏返り、顔がわずかに引きつる。

落ちたペンとペンケースを拾い集めると、「これ……」と差し出してきた。それを、千紗はひったくるようにとる。

「あ…………ごめん…………」

彼女は小さな声で謝り、落ち込んだように視線を下げた。

先ほど、女子二人に無視された時と同じ顔だ。まるでこちらがひどく悪いことをしたような気にさせられてイラつく。

(また、『悲劇のヒロイン』の顔する……)

私ってかわいそう、とでも思っているのだろう。そういう露骨な態度が、嫌われるのだとわかっていないのだろうか。だとしたら、はっきり言ってやるべきかもしれないが、それも余計なことだ。面倒そうな相手には関わらないのが一番だろう。

千紗は机の横にかけていた鞄をとると、ノートとペンケースを押し込む。

その持ち手をつかんで立ち上がると、彼女を押しのけて席を離れた。

「待って、鷹野さん！」

名前を呼ばれて、思わず足を止める。同じクラスになったばかりなのに、名前を覚えられていたことがいささか驚きだった。

千紗は他人の名前なんて覚える努力をしたことはない。どうせ、一年後にはクラスが替わるのに、無駄なことだ。

卒業すれば、もう二度と会うこともない。一時的にただ同じ教室に押し込められているだけ。その相手の名前なんて呼ぶこともないのだから、知らなくてもそれほど困らない。

振り返ると、彼女が千紗の上着をつかんでいた。

彼女はハッとしたような顔をして、すぐにその手を離して自分の後ろに隠す。リップを塗っているのか、ぷっくりとした艶のある唇が、「ごめん」と動いた。

(この子……名前、なんだっけ……)

思い出そうとしてもできるわけがない。最初から、覚えてすらいないのだから。

少しだけ冷静になって、「…………なに？」と低い声できき返した。

「提出のプリント……鷹野さんも、まだだから……」

そう言われて、ようやく鞄の中に押し込んだままだったプリントのことを思い出した。

人のことは言えないなと、自分に呆れて額を押さえる。

彼女は視線を下げて待っている。真面目なのだろう。全部回収して職員室まで持っていかなければ、帰れないとでも思っているのかもしれない。

適当にすませておけばいいのに。先生から頼まれた用事なんて——。

千紗はため息を一つ吐いて、鞄からプリントを取り出す。「ほら」と渡すと、ホッとしたような表情になりそれを受け取っていた。

「ありがとう」

彼女は無防備で警戒感など少しもない笑みをフワッと浮かべる。

(なんで、笑うの……)

意味がわからない。やっぱり苦手だと、千紗は眉間にシワを寄せた。

得体の知れない奇妙な生き物を見るような気分だった。

お誕生日会で、プレゼントをもらったわけではない。ただのプリントだ。全員の分を回収して先生に渡せば、彼女の評価が上がるわけでもない。面倒な顔こそすれ、嬉しそうな顔をするようなものではないだろう。

「……もういい?」

煩わしさを隠さずにきくと、「あ、うん……」と彼女は声のトーンを落とす。

話したいことはない。話す必要も理由もない。

ただのその他大勢のクラスメイトの一人にすぎないのだから。それなのに——。

「あの……鷹野さんっ」

再び呼び止められて、教室を出て行こうとしていた千紗はイラ立ちを覚えた。今度は返事をせず顔だけを動かす。

また呼び止めたくせに、なにを躊躇っているのか知らないが、なかなか用件を言おうとしない。だから、「なに？」と顔をしかめたままきく。

無視すればよかったが、そうすれば彼女はまたあの、『悲劇のヒロイン』みたいな顔をするのだろう。それもまた、弱い者イジメをしているような気分になる。

加恋は千紗の机のそばに立ったまま、どうしようかと迷っているような表情だった。

「これから、私に告白でもする気？」

さっさと言い出さないから、つい皮肉っぽい口調できく。

彼女は顔を上げると、意を決したように口を開いた。

「さっき、描いていたの……小説のキャラだよね」

千紗は驚いて彼女を見る。なぜ、知っているのだろう――。

思いがけないことを言われて、すぐに返す言葉がでない。

数秒は黙って彼女のことを見つめていただろうか。

「…………読んだの？」

ようやく出たのは、少しうわずった声だ。これでは動揺したのが丸わかりだろう。

それがひどく恥ずかしい気がして、顔が赤くなる。

小さな声だったから、「え？」ときき返された。

「だから……読んだの⁉」

「書店でポスターを見たの……だから、人気なのかなって」

彼女は申し訳なさそうにそう答えた。

（なんだ………）

千紗は胸を撫で下ろして、息を吐く。

彼女が小説を読んでいて、内容を知っていたとしても動揺するほどのことではないはずなのに。

「知らないなら、話、振らないでよ」

彼女を睨むように一瞥して言い捨てた。それ以上、彼女と話していたくなくて、千紗は足早に立ち去る。

話題のつもりだろうか。たやすく、人が大事にしているものに踏み込んでくるなんて。

（ムカつくやつだな……）

教室に一人残った彼女はまた、『悲劇のヒロイン』の顔でうつむいているのだろうか。

泥水でも飲んだ時のような気分になり、千紗は廊下を歩きながら険しい顔になる。

次に話しかけられた時には、絶対に無視する。そう心に決めた。

二

どうやら、彼女の名前は『三浦加恋』というらしい。体力測定の時、計測係をさせられてようやく知った。名前まで少女マンガの主人公みたいだ。

同じクラスになって一月も経てば、知りたくないことも自然と耳に入ってくる。

一年の時になにをしたのか知らないが、どうやら嫌われているらしい。クラスの女子たちは彼女を無視していて、話しかけようとしない。声をかけるのは、面倒なことを押しつける時だけだ。

弁当も一人で食べているし、教室を移動する時もいつも一人だ。

彼女の陰口はいくらでも耳に入ってくる。その大半は、男子に媚びを売っているとか、遊んでいるとかそんな話だ。

くだらないと、吐き捨てたくなる。男子に媚びを売っているのかどうかは知らないが、遊んでいるなんてどう考えてもないだろう。それどころか、呆れるくらいに真面目なのに。押しつけられた用事なんてやらなくてもいいのに、律儀に引き受けている。

そのせいで、『いい顔をしたいだけ』とまた陰口を叩かれているのを見ていると、他人事でもげんなりする。

なぜ、はっきりと、『嫌だ』と言わないのか。誰かのためにやったところで、感謝なんてされないのはわかっているだろう。理解者が現れるわけではないし、お友達が増えるわけでもない。

みんな利己的で、他人を都合良く利用しているだけ。

心から信頼し合える親友？　生涯の友？

くだらない。そんなもの、どこの世界にいるのと千紗は鼻白む。

人間はいつだって一人だ。わかり合えたように思えたとしてもそれは錯覚でしかない。

期待するだけ無駄。失望するくらいなら、最初から求めようとしなければいい。

けれど、彼女はそうは思わないらしい。無視されるのがわかっているのに、登校してくると、『おはよう』と誰かれかまわず声をかけている。

喜んで挨拶を返すのは男子だけだ。『男子に媚びを売っている』と言われるのも、そういうところが原因なのだろう。

席に着こうとした時、彼女がこちらを見ていることに気づいた。

目が合うと、「おはよう……」と声をかけられる。作った笑みが緊張のせいなのかぎこちない。

千紗は拒絶感たっぷりに一瞥してから、窓のほうを向いた。これだけ態度で示せば、普通ならもう二度と声をかけてこないだろう。

なにか言いたそうに突っ立っている彼女を無視したままでいると、ようやく諦めたのか自分の席に戻っていった。

（……言いたいことがあるなら、言えばいいじゃない）

「あの子、リップ変えたよね……あれさ、聖奈ちゃんがCMしてる新作のやつじゃない？」

「え〜私も買ったばかりなのに。同じの使いたくな〜い」

近くでそんな会話をしているのは、加恋が声をかけた時に無視して帰っていた女子二人だ。相川早希と、伊原リエと言っただろうか。

二人とも会話が加恋に聞こえているのはわかっているくせに、それを面白がるように笑っている。

気分が悪くて、千紗はわざと椅子の音を立てて立ち上がった。

その音にビクッとして、女子二人が口を噤む。『なに？』と、警戒するようにこちらを見てくる。

耳が腐る——。

心の中で吐き捨てて、千紗は渋面のまま席を離れた。

HRはもうすぐ始まるが、淀んだ水槽の中のような教室にいることが不快でたまらなかった。


六月に入っても、教室の雰囲気は変わらない。

放課後の教室に残っていた千紗は、濡れている窓に視線を移す。

今朝からずっと降っている。梅雨入りでもしたのか、教室内の空気もじっとりと湿っていて重く感じられた。

(鬱陶しいな……)

傘は持っているが、土砂降りの中を帰る気にもなれない。そう思っているのは千紗だけではないらしく、教室内に残っている人は多かった。その話し声を聞き流しながら、描きかけの絵の続きに戻る。

「三浦って中学の時から男子と遊んでたらしいよ。同じ中学だった子が言ってた」

「男子にちやほやされていい気になってたんじゃないの?」

「早希とリエって、一年の時に一緒にいたんじゃなかった?」

「あの子が勝手についてきてたんだよねー。早希」

「ちょっと話しただけで、友達面するのやめてほしかったわ。いつもヘラヘラして、話もつまんないし……」

教室の後ろに集まっているのは、早希やリエ、それにクラスの女子たちだ。

「毎朝、挨拶してくるのやめてほしいんだけど。みんなに声かけてるよね」

「無視されてるんだから気づけよって思わない？」

「あははっ、だよねーっ。鈍感すぎ？」

耳障りな甲高い笑い声に、力を込めたシャーペンの芯がパキッと折れた。

用事がないならさっさと帰ればいいのに。

悪口を言い合いたいなら、余所でやってほしい。けれど、彼女たちは飽きもせず、話を続けている。

「あの子と二年も同じクラスとか、サイアク……」

嫌悪感を込めるように吐き捨てたのは早希だ。

「うるさいな……」

思わず、千紗の口からイラついた声が漏れる。自分で思っているより大きな声になったから、教室の後ろにいた女子たちにも聞こえたのだろう。話し声が止み、教室内が静まり返った。

「………なにか言った？　鷹野さん」

沈黙の後で、早希がきく。

千紗は立ち上がると、集まっている女子たちを見据えて足を踏み出した。

「うるさい、って言ったの」

はっきりと一言一言区切るように言うと、早希の顔が強ばる。

睨んでくる彼女を、千紗は冷たい目で見返した。

「私たちがなにを話そうと勝手でしょ。関係ないのに口挟まないでくれる!?」

「まだ、わからない？　黙れって言ってんの。雑音まき散らしたいなら余所でやってよ。それともなに？　あんたの口、人の悪口しか言えないようになってんの？」

落ち着いた声で言いながら、一歩ずつ彼女たちに歩み寄る。

「ちょっと、言い過ぎだよ！」

そう声を上げたのは、周りにいた女子の一人だ。

「他人のことは好き勝手に言うくせにさ。自分たちが言われる時には言い過ぎって？　都合がいいよね……そう思わない？」

冷笑して言い返すと、その女子は青ざめて口を閉ざす。

「関係ないのに、なにキレてんの？　それとも、あの子に同情したとか？　そういう正義の味方気どりのやつが一番……っ！」

早希が言い終える前に、千紗は彼女の制服の襟もとを乱暴につかむ。

悲鳴が上がり、まわりの女子たちが逃げるように下がった。

早希を突き飛ばすと、怯えきっている彼女の顔のすぐそばに力一杯拳を叩き付ける。

バンッという音が、教室に響いた。

殴られると思ったのか、早希は震える腕で顔をかばっていた。

他の女子たちは凍り付いたようになって黙っている。

早希が視線を横にずらし、すぐそばで笑い続ける千紗を怯えたように見た。


「醜いよね……」

千紗は笑うのを止めると、彼女の耳もとで囁くようにそう言った。

なにか言おうとした早希の口を、手で塞ぐ。

「誰かを見下すことで、自尊心を満たし、優越感に浸っている。誰かを傷つけたくて、汚したくてたまらないんだ。誰かを泥沼に引きずり込めば、自分だけではないと満足できるから。見るに堪えないほど、卑しくて、醜い……」

押さえつける手に力を込めると、早希は息苦しそうに顔を歪め、呻くような声を必死に漏らした。恐怖のせいかその顔からは血の気が引いている。

千紗は冷ややかな表情のまま、口もとにうっすら嘲りの笑みを浮かべた。

「安心しなよ……私も同じだから」

千紗の手をつかんだ早希の目が涙ぐんでいる。

まわりの女子たちは誰も口を開かない。助ける気もないようだった。

この場にいる誰も、彼女の代わりになんてなりたくないのだろう。そんなものだ――。

（『お友達ごっこ』も、しょせんこの程度か……）

つまらないなと、千紗はため息を吐く。その時だった。

「鷹野さん！」

教室のドアのほうから声がして、千紗と早希、そしてこの場にいた女子たちが振り返る。

出入り口の前に立っているのは加恋だった。

「も……もう、いいよ……」

教室にいる全員を見てから、加恋はひどく小さな声でそう言った。

千紗は白けた気分になり、早希の口から手を離してゆっくりと下ろした。

苦しそうに何度か息を吸い込んだ早希は、力が抜けたようにその場に座り込む。

ようやく解放されて、羞恥心と怒りが込み上げてきたのか、その顔が一気に赤くなっていた。

千紗のことを睨んできたが、なにか言う度胸はないらしく、悔しそうに唇を噛んでいる。

これでもう、千紗の前で誰かの陰口や悪口を言おうとは思わないだろう。

（それだけでもマシか……）

足の向きを変えて自分の席に引き返すと、鞄にノートやペンケースをしまって出入り口に向かう。

誰もなにも言わず、ただ千紗を目で追っているだけだ。

立っていた加恋を避けて教室を出る。


「待って、鷹野さん!!」

無視して立ち去ろうと思ったのに――。

制服の袖を引っ張られて、千紗はうんざりしながら追いかけてきた彼女の手を払いのける。

「……………なに？」

「さっき……ありがとう。かばってくれて……」

彼女の言葉に、「はっ」と小馬鹿にしたような声が漏れた。

どこまでお人好しなのだろう。

「なんで、私があんたをかばうの……あんたが誰になにを言われていようと、私には関係ないし興味もない。あいつらがうるさいから黙らせただけ。それに……」

千紗に強く肩を押された加恋は、よろめいて後ろに下がった。

不意のことに驚いたのか、目をいっぱいに見開いている。

「私はあんたみたいに誰にでもいい顔をしようとするやつが、一番嫌いなの。わかったら、話しかけないで」

嫌悪感を隠さずはっきりと言ってやると、彼女は思いとどまるように口を閉じていた。

嫌われたところで痛くもかゆくもない相手だ。最初から、誰かに好かれたいとも思っていない。千紗は背を向け、眉根を寄せたまま足早に歩き出す。

煩わしさから解放されたかった。それだけだ――。

誰かのため、などではない。勘違いされるほうが迷惑だ。

三

休日の午後、千紗は一人で書店に来ていた。気になっていたマンガの続刊を数冊手にとってから、小説の棚に移動する。

(そうだ、新刊出てたっけ……)

テスト勉強をしなければならず、しばらく書店に立ち寄っていなかったから忘れていた。

そういえば、特典付きの小説が出ていたはずだ。まだ残っているだろうかと考えながら本を探すと、ちょうど一冊だけ残っている。

手を伸ばそうとした時、反対からも同じタイミングで誰かの手が伸びた。

顔を上げると、相手もこちらを見る。一瞬、固まったのは、それが加恋だったからだ。

彼女も驚いたのか、反射的に後ろに下がっている。

話しかけるなと言われたことを思い出したのか、開きかけた口をすぐに閉じていた。

「なんで、あんたがいるの……………っ！」

「本を………買いに………」

加恋は小声でおずおずと答える。それはそうだろう。ここは書店だ。

いったいなにを買おうとしているのだろうと、彼女が抱えている小説に目をやる。そして、さらにギョッとした。

千紗も好きな小説だったからだ。全巻揃えていて特典も全部持っている。

以前、ノートに描いていた男子は、この小説に出てくるキャラクターだ。

千紗は数秒沈黙してから、訝しんで加恋を見た。

「その小説………まさか、読んでるの？」

うつむいていた加恋はパッと顔を上げて、「うんっ！」と嬉しそうに頷く。

「なんで、読んでるの⁉」

「だって……前に……」

彼女は口を噤んで、小説を抱きかかえたまますぐに下を向く。

『知らないなら、話、振らないでよ』

以前、彼女にそう言ったのを思い出して、千紗は絶句した。

加恋は顔色をうかがうように視線を向けてくる。叱られた子どものような表情だった。

「それで…………わざわざ、買って読んだの？」

そうきくと、彼女はもう一度頷く。

読んだ後なら、話を振ってもいいと解釈したのだろうか。

熱が上がりそうになって、千紗は自分の額を手で押さえた。その口から「はぁ……」と、深いため息が漏れる。

（あり得ないんだけど…………）

普通なら、干渉しないでと言われていることくらいすぐにわかるはずだ。

相当、図太い性格なのだろうか。鈍感か、天然なのかもしれない。

「でもそれだけじゃないよ……気になったから……」

「…………」

「この書店、よく立ち寄るの。ペンや文具を買いたくて……それで、ポスターを見て思い出して……小説を探してみたんだけど、どこにあるかわからなかったから、店員さんにきいて……」

「店員さんにきいたの⁉」

「うん……ダメだった……のかな？」

加恋はオロオロしながらきいてくる。

「ダ…………っ‼」

言いかけた言葉をグッと飲み込むと、千紗は小説の表紙に目をやった。

ダメなわけではない。年齢制限されているものでもない。ただ、表紙のイラストがきわどかったりもするから、初めて買う時には多少勇気が試される。それだけのことだ。

近々舞台化するから、店内にもポスターが貼られている。人気ダンスボーカルユニットの宗田深冬と、井吹一馬のダブル主演ということで話題にもなっている。

彼女が興味を持ってもおかしくはないだろう。

「その店員さんがすごく親切に教えてくれて、同じ著者の先生が書いてる他のシリーズもすごく面白いからって勧めてくれたの。それも何冊か買って読んでみたんだけど……」

加恋は嬉しそうに声を弾ませる。

「…………で？」

千紗が先を促すと、彼女は「で？」と、少し首を傾げた。

「…………どうだったの…………？」

「すごく面白かったよ。次の日も書店に行って続きを買って、すぐに読んじゃった……蒼見(あおみ)君も、月弥(つきや)君もかっこいいね。私、屋上で月弥君が泣くシーンがすごく好きだよ。蒼見君が慰(なぐさ)めてくれるところ、感動しちゃった」

加恋は頬(ほお)を染めながら笑顔(えがお)になる。『わかってるじゃない』とつい賛同しそうになって、ハッとした。

（こんなところで語り合ってどうするの…………っ！）

今まで、好きな作品のことを誰(だれ)かと話したことはない。同じ趣味(しゅみ)の友達などいなかったからだ。同じ作品のファンと交流したこともあまりなかった。

作品は好きでも、コミュニティは人間関係が面倒(めんどう)だ。トラブルに巻き込まれるのもごめんだ。

「新刊が発売されてるし、特典付きの小説があるかもと思って……」

加恋は棚に一冊だけ残されている小説に、チラッと目をやる。特典のアクリルキーホルダー入りの箱が付属している小説だ。

「私は他の書店に行って探してみるよ。ショッピングモールにも寄るつもりだったし……」

そう言って、彼女は笑みを作る。譲(ゆず)ってくれるつもりなのだろう。

千紗は余計に眉間(みけん)にシワを寄せると、特典付きの小説に手を伸ばす。それを、押しつけるように彼女に渡(わた)した。

加恋は「えっ」と、戸惑ったように小説と千紗を見る。

「欲しいなら、買えばいいでしょ……遠慮なんてしないで」

「でも……鷹野さんも買うんじゃ……」

「買いたいの⁉ 買いたくないの⁉」

強い口調できくと、「か、買いたい」と加恋は正直に答える。

「だったら、最初からそう言えば？ そういうの、人をイラつかせるだけだから」

千紗は彼女を一瞥し、手に持っているマンガだけをレジに持っていく。

特典付きの小説は、他で探すしかない。数軒まわれば、一冊くらい残っているはずだ。

（やっぱり、予約しておけばよかった……）

いつもならそうするのに。『まあ、どこかにあるだろう』と、油断していた。

後ろ髪を引かれる思いだったが、突っぱねてしまったものは仕方ない。

（あの子に関わるとろくなことないな……）

レジで会計をすませて書店を出る。駅までの道を歩いていると、遅れて加恋が書店から出てきた。

「待って、鷹野さん」

追いかけてくる彼女の声に、千紗はまたかと顔をしかめる。

聞こえなかった振りをしてさっさと歩いていると、追いついた加恋に袖をつかまれた。

全力で走ってきたのだろう。少し体を前に倒し、苦しそうに息を吐いている。

「……だから、なに!?　まだ、なにか用があるの!?」

つい強い口調できくと、加恋は胸を押さえたまま顔を上げた。汗ばんだその額には、髪がペタッとはりついている。せっかくのリボンも解けそうになっていた。

「あの……鷹野さん、これから時間あるかな？」

呼吸を整えながら、加恋が上目づかいに千紗を見た。

なんのためにそんなことをきいてくるのかわからず、「は？」と訝しむような表情になる。

「今日、先生のサイン会やってるみたい。そこなら、特典付きの小説もあるかもしれないって」

彼女は持っていたチラシを千紗に見せた。

思わず目を見開いて、それを両手でつかむ。

（サイン会!?　聞いてない……）

最近、書店に立ち寄らなかったし、気がのらなくて情報収集もしていなかった。

サイン会が開催されるのは今日のようだ。チラシには、午後三時からと書かれていた。

携帯を取り出して時間を確かめると、二時半になったところだ。そう遠くない場所にある書店だ。今立ち寄った書店と同じ系列の書店だから、チラシもおかれていたのだろう。

なぜ、それに気づかなかったのか。

「よく、見つけられたね。このチラシ……」

「本を買う時、この前の店員のお姉さんがレジにいたから、特典付きの小説がもう一冊ないかきいてみたの。そうしたら、店には在庫がないけど、ここならって教えてくれて……」

まさか、彼女に教えられるなんて。

苦々しい顔になっていると、「余計なことだった……かな？」と加恋は顔色をうかがうようにきいてくる。

（ああ……もう…………っ‼）

「ほら、行くよ！」

じれったくて、千紗は加恋の手をつかんだ。

「えっ、でも……っ」

「あんたも、好きなんじゃないの⁉」

彼女はハッとしたような顔になって、「うん！」と頷く。

「好き……好きだよっ‼」

「じゃあ、急げ――っ‼」

千紗は加恋の手を引っ張りながら、一緒に走り出す。彼女は軽くよろめきそうになりながらも、買ったばかりの本をしっかりと胸に抱きかかえていた。


サイン会が行われている書店に着くと、通路には列ができていた。

加恋は胸を押さえながら、苦しそうな顔をして何度も大きく息を吸い込んでいる。走るのは苦手なのだろう。体育のマラソンでも、いつも後ろのほうを走っている。それなのに、つい、焦って彼女の手をつかんだまま全力で走ってしまった。

「大丈夫……？」

さすがに心配になってきくと、彼女は笑みを作って頷く。体温が上がったせいか、頬が赤みがかっていた。


物販ブースにようやく入れたが、ほとんどのグッズは売り切れだった。けれど、特典付きの小説はかろうじて残っている。それを買い、著者の先生にサインをしてもらって会場を出ると、加恋が待っていた。

著者の先生に、『ファンです！　作品、大好きです』と言えたことが嬉しくて、千紗の頬も紅潮している。握手もしてもらった。その感動の余韻に浸ってぼんやりしていると、加恋がそばにやってくる。

「サイン、してもらえた？」

そうきかれて、千紗は頷いた。特典付きの小説が買えた上に、サインまでしてもらえたのだ。こんなラッキーなことはないだろう。

（よかった……………っ！）

つい、笑みがこぼれる。それからふと我に返って、加恋に顔を向けた。

「……………なに買ったの？」

「私は缶バッジと……ペンがあったから」

袋から買ったばかりの青と赤のペンを取り出して千紗に見せる。それから、「よかったね」と彼女は微笑んだ。

柄にもなく喜んでしまったことが急に恥ずかしく思えて、千紗はしかめっ面でごまかした。浮かれた自分を他人に見られることに、あまり慣れていない。

「もう、行くよ……」

千紗がついぶっきらぼうな言い方をして歩き出すと、加恋も急ぎ足でついてくる。

つい気になって、視線が彼女に向いた。

加恋はなにが嬉しかったのか、見るからに上機嫌で唇の端を上げている。それから急に、「そうだ」と顔を千紗のほうに向けた。

「特典のアクキーって、二種類あるんだよね？　どっちが入ってるのかな」

小説に登場する蒼見と月弥という男子キャラのアクリルキーホルダーのうち、どちらか一種類が入っている。ランダムだから、どちらが入っているのかは開けてみるまでわからない。

「鷹野さんは、どっちがいい？」

無邪気にきいてくる彼女から、千紗はつい目を逸らした。

「どっちでもいいよ……どっちも好きだから」

そう答えてから、「でも……」と続ける。

会話に付き合う気になったのは、ほんの気まぐれだ。

彼女があまりにも楽しそうだから——。

それに、サインしてもらえて、やっぱり浮かれていたからだろうか。サイン会のことを彼女が教えてくれたから、この特典付きの小説も手に入った。

「蒼見君……のほうだといいな……」

「そうなんだね！　私は……どっちも好きだけど、月弥君だと嬉しいな」

背の高い方の男子が蒼見で、小柄な方が月弥という男子だ。

（そうだと思った……）

根拠も理由もないけれど、雰囲気でそう思っただけだ。

歩きながら、加恋はチラッと視線を向けてくる。

はっきり言えばいいのに、なにを遠慮しているのだろうと、ため息が漏れる。

けれど、不思議と以前のようにイラ立ちはしなかった。やはり、今日の自分は機嫌がいいらしい。

「…………一緒に開けてみる？」

そう提案する気になったことに内心、自分でも驚く。それは加恋も同じだったようだ。

驚いたように目を丸くしてから、「うん！」と頷いていた。


歩道の真ん中で開封するわけにもいかず、通り沿いにあったファーストフード店に入る。

シェイクを注文して席に座ると、さっそく特典の箱を取り出して開封してみた。

「……どっちだった？」

「蒼見君だったよ！」

加恋が笑顔でアクリルキーホルダーを見せる。

千紗の特典の箱に入っていたのは、もう一人のキャラの月弥だ。見事に推しキャラと反対だったらしい。

加恋は「交換しよう」と、アクリルキーホルダーを差し出しながらニッコリ笑う。

ふっと表情を和らげた千紗は、自分の箱に入っていたアクリルキーホルダーを彼女に渡した。

加恋は月弥のアクリルキーホルダーを楽しそうに揺らしてみている。「かわいい」と、その口から独り言が漏れていた。

（かわいいのは、あんたじゃない……）

無垢で汚れないお姫様みたい――。

けれど、それだけではないのだろう。特典付きの小説のために諦めず奔走するし、冷たくあしらわれてもへこたれない。どこにそんな根性が隠れていたのかと驚くほどだ。

彼女を見ていると、自分がつまらない意地を張っているような気がした。毒気を抜かれたとでもいうのだろうか。

千紗はアクリルキーホルダーを箱に入れ直し、バッグにしまう。

窓際の席を見ると、別の高校の女子たちが笑い合っている。人気アイドルの話題で盛り上がっているようだ。

（……友達……か）

頬杖をつきながら、シェイクのストローを口に運んだ。

友達というものがいたら、こんな感じなのだろうか。

休日のファーストフード店で一緒にシェイクを飲みながら、推しの話で盛り上がったり、グッズを交換したり、ライブやイベントに行こうと約束したり。

いつも興味ない顔で遠ざかっていたが、羨ましいと思う気持ちが少しもなかったわけではない。手に入らないものだから、望んでも得られないものだから――。

そんなものを欲しがったところで、虚しくなるだけだ。得られなかった悔しさや寂しさを無理に味わう必要はないと、ずっと自分に言いきかせてきた。

それが一番、心が楽だったから。

今もその気持ちは変わらない。これからも、そうだろう。

(私は一人でいいよ……)

今日のことは、ただの気まぐれだ。一生に一度くらい、『お友達気分』というものを味わってみるのも悪いことではないと思っただけだ。

そう、今日だけだ。毎日なんて――きっと自分は飽きて、そのうちに煩わしくなってしまう。SNSの付き合いもそうやって、自分から距離をおくようになった。

いつもその繰り返しだ。誰かと友情を育むのに向いていないのだろう――。

「鷹野さん、あの……これから……」

シェイクを飲んでいた加恋がカップを下ろして、遠慮がちに口を開く。

「もう、帰るよ」

千紗は飲み終えたカップを持ったまま席を立ち、横においていたバッグをとる。

「そっか……」

加恋は小さく笑みを作る。ほんの少し残念そうな声になっていた。

「今日は、ありがとう……じゃあね」

そう言い残して、千紗は席を離れる。

店を出ると、深くため息を吐いた。

いつもの休日の続きにようやく戻れたのに、どこか——ほんの少し物足りない気がした。


七月の初め、午前中の授業が終わると、千紗はサンドイッチのパックと水筒を持って教室を出る。階段を上がりドアを開くと、強い日差しが目に飛び込んできた。

外は暑いが、教室の中は騒々しい。

フェンスのそばまで移動して腰を下ろすと、携帯を取り出す。それを見ながら、サンドイッチのパックを開こうとした時、ドアが開いた。

屋上に出ようとした加恋が、「あっ」と小さな声を漏らす。彼女が腕に抱えているのは、弁当の包みと水筒だ。彼女もここで食べるつもりだったのだろう。

出入り口に突っ立っていたが、少し躊躇ってからそばにやってきた。

「あの……」

聞こえなかったふりをして黙っていると、加恋は少し勇気を振り絞るように、「ここで、食べていいかな？」ときいてくる。

「……好きにすれば？」

千紗はサンドイッチを頰張りながら、素っ気なくそう答えた。

屋上は誰のものでもない。加恋は一人分離れて腰を下ろすと、包みを開いて弁当の蓋を開ける。

エビフライやサラダなどが綺麗に詰められていた。ご飯はピラフのようだ。おいしそうなその中身につい目がいく。誰が作ったのかはわからないが、料理上手なのだろう。

「あっ、なにか食べる？」

視線に気づいたのか、加恋が弁当をこちらに見せる。

『エビフライ』と答えそうになったのをグッと堪えて、「いいよ」と目を逸らした。

なぜか彼女は、落ち込んだ顔で弁当を引っ込める。

それから、しばらく二人とも無言で食べていた。

（暑いな……やっぱり、教室で食べればよかった）

額が熱くて、頭がぼんやりしてくる。蝉の声が熱気の中に木霊していた。

去年の夏も昼休みはここで過ごしていた。いつも、千紗が昼食をとる時は一人だ。

「……そういえば、あの小説、今度舞台になるんでしょう？」

加恋は急に箸を止めて、話しかけてきた。

返事をしないでサンドイッチを頬張っていると、彼女は勝手に話を続ける。

「鷹野さんは観に行く？」

「人気の舞台なんだから、簡単にチケットなんて取れないよ」

彼女につられて、ついそう答えた。

小説のファンも多いが、それよりも主演に抜擢された宗田深冬と井吹一馬の人気がすごく、そのファンたちがチケット争奪戦に加わったものだから、余計に倍率が上がったようだ。

二人は今回が初めての舞台だから、観たがる人が多かったのだろう。申し込んだほとんどの人たちは、落選の通知にがっかりしていた。当選した人たちは幸運だ。

「私も全滅だったし……」

わかっていたことだが、落選のメールを見るとやっぱり落胆する。

フェンスに凭れていると、「そうなんだ……」と加恋は顎に手をやって思案している。

その横顔を一瞥してから、千紗は急にフェンスに預けていた背中を起こした。

「もしかして、当選……したの？」

真顔になって尋ねると、加恋が小さく頷いた。

「本当に⁉」

顔をグイッと寄せてきくと、彼女は気圧され気味にもう一度頷く。

「なんで、当たってるの！」

千紗は両手で頭を抱え、つい大きな声を上げた。

プラチナチケットだというのに羨ましすぎる。

「……一緒に行く？」

遠慮がちにきいてくる加恋を、「えっ⁉」とびっくりして見る。

「私……二枚応募したから……もし、よかったらどうかなと……思って」

「他に誰か誘うつもりだったんじゃないの……？」

「当たったら……一緒に行けるかなって」

赤くなりながら言葉を濁す彼女を、千紗は目を見開いて見つめた。

「……それ、私と？」

加恋は返事のかわりに、気恥ずかしそうに微笑んでいた。

言葉をなくして、千紗は自分の顔に手をやる。

懲りない性格なのだろうか――。

こんなにも拒絶の態度を見せているのに、笑顔で寄ってこようとするのだから。

「本当に……びっくりするくらい警戒心がない」

独り言を漏らすと、加恋が『え？』という顔をする。


人づきあいが面倒で、他人と距離をおき、いつも壁を作っていた。

自分の趣味ばかり追いかけてきて、他の子たちがしているような楽しい会話だって得意ではない。『友達』に選ぶなら、もっと他に付き合いやすい相手がいるだろうに――。


「行くよ……舞台、観たいし」

意地を張ってもしかたない。それに、プラチナチケットを無駄にするのももったいない。

加恋は笑顔になると、「よかった……」とホッとしたような呟きを漏らしていた。

「……そんなに、嬉しい？」

「うんっ。初めてだから……誰かと舞台を観るの。鷹野さんは？」

「…………私もだよ……」

千紗は躊躇ってから、正直にそう答えた。

加恋と一緒に舞台を観にいったのは、七月の日曜だ。席に座って舞台を観ていた千紗は、隣にいる加恋の横顔を薄暗い客席の中でそっと見る。

彼女の瞳は舞台にジッと注がれている。

すっかりのめり込んでいるのだろう。後半になると、感動したのか涙ぐんでいた。

カーテンコールになると、歓声が上がり拍手が会場全体を包む。それはしばらく鳴り止まなかった。加恋もはなをすすり、涙で濡れた頬を何度も拭いながら、手が痛くなりそうなほど懸命に拍手している。

小説に登場する蒼見と月弥は、ダンスをやっているという設定だ。ダンスボーカルユニットの宗田深冬と井吹一馬は、ピッタリの配役で原作ファンも十分に楽しめるものだった。

最後のアナウンスが流れると、二人とも他の観客たちと一緒に席を立つ。

加恋はホールを出た後も、まだ余韻に浸っているようなぼんやりした表情だった。

「すごく、よかったね！　二人ともかっこよかったし」

彼女はパンフレットを胸に抱きながら笑顔になる。

その頬には涙の跡がまだついていて、ほのかに赤い。

そんな彼女を見て、千紗の頬も自然と緩んだ。


「帰ろう……加恋」

名前を呼んでみたかった——。

加恋はフワッと笑うと、千紗の隣に並んで歩く。

誰かと一緒に休日に出かけることにも、こうして歩いていることにも慣れない。

けれど、嫌いだとは思わなかった。

くすぐったくなるようなこの関係も——悪くはないのかもしれない。

「私も……名前で呼んでもいい？」

「んー特別に許す」

そう答えると、彼女が嬉しそうに笑う。

「千紗はＤＶＤ、予約する？」

「するよ。どこで買うかは、特典を見てから考えるけど。加恋は？」

「うん、私も。楽しみだね！」

そう言って屈託なく笑う彼女のバッグで、以前交換したアクリルキーホルダーが揺れている。それを見て、千紗は目を細めた。

もう少しだけ――。

Change 6 ～変化6～

おはよう…

Change6 〜変化6〜

一

朝練を終えて校舎に向かう頃には、他の生徒たちも続々と登校してきていた。

隅田恵は同じクラスの友人である大川陽人と一緒に昇降口に向かう。

「次の試合の相手、いいバッター揃ってるから羨ましいよなー。ガンガン点をとられるような展開にならなきゃいいけど」

「うちにはいいピッチャーがいるし、いい守備が揃ってるだろ」

上履きに履き替え、スニーカーに手を伸ばしていると、陽人が笑いながら肩に腕をかけてきた。

「おおっ、自信満々だな。負けたら、逆立ちで校庭一周だぞ〜？」

汗でまだ湿っている髪をクシャクシャにしてくる陽人を押しのけ、曲げた腰を戻す。

スニーカーを下駄箱にしまおうとしていた時、フワッとした髪に結ばれた赤いリボンが視界に入った。

「まあ、三失点までに抑えられたら上等だよな。去年の試合でも、先輩たちが……って、聞いてるか？」

他の生徒がいたから見えなかったのか、彼女はクラスの下駄箱のほうに歩いていく。目で追っていると、「三浦さんってあの子か？」と陽人がきいてきた。

恵は返事をせず、スニーカーをしまって扉を閉める。

「一年の時、振られたんじゃなかったっけ？　あの日の練習試合、ひどかったよな。お前、ボロボロでさ。連続ホームラン打たれて……俺、今でもあの日の悪夢を……」

「思い出さなくていい」

恵は陽人の口を手で塞いで黙らせる。その手を離してやると、彼はプハッと息を吐き出した。昇降口の前を離れると、陽人も自分の靴をしまって後を追ってくる。

ちょうど、加恋もクラスの下駄箱のところから、出てきたところだった。

「あっ…………おはよう」

思わずというように、彼女が挨拶してくる。いつもは、こちらからばかりだった。そのことに驚いて挨拶するのがわずかに遅れた。

隣に並んだ陽人に肘で押されて、「おはよう」と焦って返す。

「朝……練習してたね」

「見てた……？」

恵がきくと、加恋は微笑んで小さく頷いた。

「もうすぐ、試合……？」

「再来週あるから……」

うまく話を続けられないのがもどかしい。横で黙って聞いている陽人が、チラチラと視線を向けてくる。

さりげなく肘で押してくるのは、『試合に誘えよ』という合図だろう。『簡単に言うな』と、目で返した。

これはダメだと呆れるように、陽人が肩をすくめる。

「そっか。頑張ってね」

彼女の瞳が自分に向けられるのを見て、「三浦」と咄嗟に彼女を呼んだ。

「あのさ…………」

「う、うん…………」

心臓の音が急に速くなり、落ち着けと自分に言いきかせながらグッと手を握り締める。

けれど、口を開くより早く、「加恋」と彼女を呼ぶ声がした。

振り向いた彼女は、すぐに明るい表情になる。

「千紗、おはよう！」

「おはよー……今日、放課後、書店に寄るけど一緒に行く？」

「うんっ！　そういえば、コラボカフェやってるみたいだよ。千紗、行く？」

「んーそうだな。加恋が行きたいならいいよ」

ショートヘアの女子は、加恋と話をしながら恵のほうを見る。棘のある視線を向けられた気がしたが、一瞬だったのではっきりとはわからなかった。

その女子はすぐに恵から視線を外し、加恋と一緒に階段を上がっていく。

「鷹野、三浦さんと同じクラスなんだな」

二人のことを隣で見ていた陽人が、珍しそうな顔をしていた。

「知ってるのか？」

「去年、同じクラスだったからな。仲いいのか？」

きかれてもわからない。加恋とは今は別のクラスだからだ。

クラス内で、彼女がどんなふうに過ごしているのか、見たわけではない。

（去年は……）

教室内で孤立し、一人でいることが多かった彼女のことが頭をよぎる。

一緒にいた相川早希や伊原リエから無視されるようになった原因は、恵自身にもある。

だからというわけではないが、彼女の助けになりたくて、一人でいる彼女に声をかけようとしたこともある。けれど、それが余計に女子たちの反感を買い、加恋の立場を悪くしてしまうのだと気づいてからは、教室でたびたび声をかけることはできなくなった。

できたのは、体育祭の片付けをしていた彼女を見つけて手を貸したくらいだ。

見ているだけでなにもできないことが、ひどくもどかしかった。

二年になってクラスが替わってから、余計に顔を合わせる機会も減った。今のように、昇降口で顔を合わせた時、挨拶をする程度だ。

相川早希や伊原リエとはまた同じクラスになったようだから、去年のように一人でいるのだろうかと気になっていたが、先ほどの彼女は楽しそうな様子だった。

あんなふうに楽しそうに誰かと話しているのは、初めて見る気がする。

先を越されたようで複雑な気分だったが、加恋に心許せる友人ができたのはいいことには違いない。

（けど……いつ、仲良くなったんだ？）

最近だろうか。一緒にいるところを見かけたのは、今日が初めてだ。

「あの鷹野って、いいやつ？」

恵は陽人と一緒に教室に向かいながらきいてみる。

「いいやつかどうかは知らないけど……成績はよかったな。授業中、いつもノートに絵とか描いてんのに」

「絵？」

「休憩時間とかも、一人でよく描いてたよ。そういえば、他の女子と話してんのあんまり見たことないな」

　陽人は歩きながら顎に手をやっている。

「……漫研とか美術部とかじゃないのか？」

「違うっぽいな。すぐ帰ってたし。三浦さんも、マンガとか好きなんじゃないか？」

　階段を上がると、二年の生徒たちが廊下をうろついていた。HRの時間まではまだ十五分ほどあるからだろう。賑やかな声が響いている。

（一年の時も、マンガ読んでたけど……）

　好きかどうかまではよく知らないが、あの鷹野という女子とは気が合うのだろう。


「おまえってマンガとか読むっけ？　見たことないけど。部屋にもおいてないしさ」

　黙っていると、「んじゃ、趣味の話はできないなー」と冷やかし混じりに笑われた。

「たまには読むって」

「……それって、女子に話しても大丈夫なやつか？」

　横っ腹に肘を打ち込んでやると、「冗談！」と慌てたように陽人が声を上げる。

「でも、マジな話、話を合わせるためにさ。人気のマンガくらい読んでおいたほうがいいって。じゃないと一生、挨拶だけで終わるぞ。おまえ、自分から話を振るのは苦手なんだからさ」

痛いところを突かれた恵の眉間にシワが寄る。

陽人の言う通り、女子相手になんの話をしていいのかわからなくて困ることが多い。彼女たちの話題についていけないからだ。姉には、『野球ばっかりやってないで、たまには他のことにも興味を持ちなさいよ』と言われたりもする。

小学生の時から、暇さえあれば野球をしていた。学校から帰るとすぐ、近所の友達と河原に集まって野球をする。土日もそうだった。

雨の日は、家でゲームをすることもあったが、連日だと飽きてしまって、すぐに外に出たくなる。暇があれば、一人でピッチングの練習をしたり、バットを振っていた。

中学の時は野球部で毎日練習ばかりしていたし、高校になってからは以前にも増して練習量が増えた。泥だらけのユニフォームのまま家に帰ると、『短い青春と学校生活、野球だけやって終わらせる気?』と、姉は呆れたように顔をしかめる。

なにが悪いとそのたびにムッとする。それに、野球ばかりではない。自分なりにちゃんと考えているのだとわざわざ弁解するのも面倒で、『放っとけ』と言うだけだ。

「貸してやろうか？　それとも、俺んちに来て読むか？　マンガなら色々揃ってるからさ」

「兄貴のだろ。勝手に読んだら怒られるぞ」

「減るもんじゃないだろ。それに、どうせ大学が休みにならなきゃ戻ってこないんだ。本棚の埃を払ってやってるんだから、文句を言われる筋合いはないさ」

教室に入ると、「大川、隅田、おはよー」と男子たちが声をかけてくる。

恵は挨拶をしてから、自分の席に向かった。

陽人の席は恵の斜め前だ。まだ、話の途中だったからか、バッグをおくとすぐそばにやってきた。この話題をやめるつもりはないらしい。

野球部の相棒としても、友人としても、心配してくれているのだろう。

「人の心配より、自分の心配しろよ」

「俺は美佳子先輩一筋だって」

彼の言う美佳子先輩というのは、野球部のマネージャーをしている三年の先輩だ。明るくハキハキした性格で、陽人は一年の頃からずっと彼女を追いかけている。しつこく何度も告白するからか、すっかり相手にされなくなったらしい。

「先輩、来年卒業だぞ。夏の大会が終わったら、引退するだろうし」

「引退したって、まだ半年あるだろ。後半戦に勝負かけてるんだ。俺はいいんだよ。それより、三浦さんってどんなマンガが好きなんだ？」

彼女が以前、教室内で読んでいたマンガのタイトルを思い出そうとしたが、出てこなかった。

「そんなの、きいたことないって」

「こっそり調べてみろよ。同じマンガを読んでたら、話も弾むだろ？」

陽人はニッと笑って、恵の背中を強めに叩いた。

（一理あるな……）

そう考えながら、ノートや筆記用具をバッグから取り出す。チャイムが鳴り、出席簿を持った担任が教室に入ってくると、生徒たちがいっせいに席についた。陽人もすぐに自分の席に戻る。

HRが始まると、恵は頬杖をつきながら眩しい夏の光が降り注ぐ外の景色に目をやった。

考えてみれば、彼女のことをろくに知らない。

（ペンは好きそうだよな……）

中学の時、書店の文具コーナーにいた彼女のことを思い出す。今もそうなのだろうか。

書店にはたびたび、立ち寄るようだ。

一年の、あの大雨の日も——。

カラオケ店の前で他校の男子たちにしつこく言い寄られて、逃げ出した彼女を見かけた。あの日、恵も野球部のみんなに誘われて、カラオケに行くところだったからだ。テストの打ち上げだった。

彼女が逃げ出すのを見て思わず追いかけたが、途中で姿を見失ってしまって、捜しているうちに駆け付けるのが遅くなった。

他校の男子が彼女に拳を振り上げるのを見た瞬間、頭に血が上って駆け出し、相手の胸ぐらをつかんでいた。彼女が止めてくれなければ、あのままケンカになっていただろう。そうなれば、野球部にもいられなかったはずだ。

他校の生徒とケンカしてケガをさせるなんて、絶対に許されないことだ。

けれど、あの時は相手を許しておけなかった。いくら熱くなっていても、試合の時とおなじで冷静な部分が残っているものなのに。

その冷静さも消し飛んでいた。そのせいで、彼女を怯えさせてしまったのだろう。

手を払いのけて、泣きそうな顔を伏せながら立ち去る彼女を、すぐに追いかけられなかった。

放っておけないと思ったのに――。

恵の足がようやく動いたのは、彼女の姿が見えなくなってからだ。

捜しながら駅に向かっていると、書店の中に彼女はいた。中学で初めて彼女を見かけた時と同じように、文具コーナーの前に立っているのが、ガラス越しに見えた。

ペンを握り締めたまま、ジッとうつむいて、必死に溢れそうになる感情に蓋をして抑えているような表情だった。とても、中に入って声をかけられるような様子ではなかった。

雨に打たれながら、どれくらい外に立っていただろう。

ようやく雨が上がり、晴れ間が覗くようになった頃、ドアが開いて彼女が飛び出してきた。

踏み出しかけた足を引いて急いで書店のビルの陰に身を隠したのは、『柴崎君、待って!!』と彼女が声を上げたからだ。

呼び止められて振り返ったのは、彼女より少し先に書店から出てきた他校の制服を着た男子だった。先ほどの男子たちかと思ったが制服が違う。彼が着ているのは、桜丘高校の制服だ。

なんの話をしていたのかはわからない。けれど、立ち去る彼を見送る時、気持ちが晴れたように加恋の口もとには笑みがこぼれていた。

ようやく恵がビルの陰から出られたのは、加恋の姿が見えなくなってからだ。

声をかけられなかった。その必要もなかっただろう。

なにもできなかった。慰めることすらも。

あの時ほど、自分が情けなかったことはない。試合でボロ負けしてうな垂れていた時のように、ひどい気分だった。

彼女が変わったのは、あの日からだ。

傷ついても、打ちのめされても、理不尽なことと闘おうとする。決して、弱くはない。

彼女が安心して笑って一緒にいられる存在になりたいと思ったけれど——。

ショートヘアの同じクラスの女子と笑っていた彼女の姿が浮かんでくる。

一年の頃、クラスの女子たちに向けていたような作り笑いではなかった。

あんなふうに明るく笑っている姿をずっと、見たかった気がする。けれど、彼女が笑顔になる相手は自分ではない。彼女の友人相手に嫉妬のような感情を覚えるのもおかしいのかもしれないが、複雑な気分だった。

（また、先を越されたかもな……）

窓の外を見つめたまま、ため息を吐く。出遅れてばかりいる気がした。


それに——一度、告白して振られているのに。

もう一度、チャンスをくれなんて都合が良すぎるだろう。

あの時ほど嫌われてはいないのかもしれない。朝の挨拶もしてくれる。だからといって、好きになってくれたわけでもないはずだ。

未練がましいなと、自分でも呆れそうになる。綺麗さっぱり、彼女への想いは断ち切るべきだと頭ではわかっているのに。

距離をおかれない程度の友人でいられたら、それでいいのかもしれない。

けれど、一度告白してきた相手のことを、友人と思えるものだろうか。

（俺だって思えないのに……）

彼女に対する気持ちを忘れることも、なかったことにすることもできる気がしなかった。

できることは、友人のふりをすることだけだ。けれど、それも——。

「できねーよ……」

無意識に呟きが漏れる。その時、斜め前の席から飛んできた消しゴムを、反射的に手で受け止めた。ハッとして顔を上げると、「隅田ー、休みか？」と先生がこちらを見ている。

「います!!」

すぐに答えると、斜め前の席の陽人が肩を揺らしながら笑いを堪えていた。

二

七月の土曜日、野球部の練習が休みになったこともあり、駅前の書店に久しぶりに足を運んだ恵は、野球の本と参考書を一冊ずつ選んでからレジに向かう。

その途中、料理のレシピ本が並んでいる棚の前で立ち止まった。

参考書と野球の本を小脇に挟みながら、一冊手にとってみる。

「あ……っ」

そう小さな驚きの声が聞こえて振り返ると、加恋が通路で立ち止まっていた。

目が合った瞬間、彼女は手に持っていた本を隠すように自分の後ろにまわす。

チラッと見えた本のタイトルに見覚えがあったのは、店内の壁にポスターが貼られていたからだろう。『実写映画化決定！』と大きな文字で書かれていて、他校の女子たちがそれを見ながらはしゃいでいた。

「隅田君、料理するんだね」

加恋に言われて、「え？」と自分が持っているレシピ本に視線を戻した。

「いや……これは、姉貴の子どもに頼まれて」

「お姉さんの子ども？」

数秒迷ってから、恵は口を開く。

「三浦……カレーの作り方ってわかる？」

躊躇いがちにきくと、彼女は目を丸くしていた。


レジで本を買ってから、加恋と一緒に書店を出た。

小説の入った紙袋を大事そうに抱えている彼女は、嬉しいのか口角が上がっていた。

（あの小説……好きなんだな）

内容は知らないが、女子たちに人気なのだろう。恵の姉も似たような小説やマンガをよく買っている。

「どうして、急にカレーの作り方？」

「姉貴の子どものお守りを頼まれてるんだけど、そいつらが、どうしても昼はカレーじゃなきゃ嫌だって言うから……三浦って、料理とか得意？」

「家でもよく作るから……でも、味はきっと普通だよ？　私の知ってるレシピでいいのかな」

「俺でも作れそうなやつ？　俺、たぶんすげー下手だけど」

料理をしたのは家庭科の調理実習くらいで、家ではほとんど作ったことはない。だから、姉に急に頼まれて困っていたところだった。

恵の姉は結婚していて、小学生の子どもが二人いる。先月三人目が生まれたため、産休で実家に帰ってきていた。今日は病院で健診があるからと、上の子二人の面倒を恵に押しつけて出かけている。

今は家で母が面倒を見ているが、その母も用事があって出かけるようだ。そのため、昼ご飯を作る役目を押しつけられてしまったのだ。

事情を話すと、「そうなんだ」と加恋は口もとに手をやって少し考え込んでいる。そのうちに駅の前に辿り着いた。

「………私でよければ………作るの手伝おうか？」

「えっ、いいのか？」

驚いてきくと、彼女は少し躊躇いながらも小さく頷いた。

「隅田君に助けてもらったことがあるから……」

一年前の雨の日のことだろう。この駅の近くだった。

もう、忘れてくれていてよかったのに。

「あの時、ちゃんとお礼言ってなかったね……私」

記憶を辿るように視線を下げた彼女の唇がわずかに動く。

こぼれたのは、「ごめん……」という小さな声だ。

「そんなのいいって」

恵は遮るように言った。感謝されるようなことなど、なに一つできなかった。

ギュッと一度唇を結んでから、「けど……」と続ける。

「三浦が手伝ってくれるなら、すげー助かる！」

加恋を真っ直ぐ見て言うと、彼女の顔に笑みがこぼれた。

「うん……」

近くのスーパーで買い物をしてから、恵の家に二人で向かう。石段を上がると、彼女は少し驚いたように周りを見まわしていた。

寺の門を通り抜けると大きな本堂が建っていて、隣の霊園には墓石が並んでいる。裏手は山だから、辺りにこもるように蝉の声が響いていた。

駐車場の隅に並んでいる地蔵に水をかけていた女性が、「こんにちは」と頭を下げる。恵が挨拶を返すと、加恋も慌てて頭を下げた。

「隅田君のお家、お寺なんだね」

「父さんとじいちゃんは、法要があって出かけてる。母さんはいると思うけど……」

本宅の玄関をガラッと開いて、「ただいまー」と声を上げると、騒々しい足音が聞こえた。

階段を駆け下りてきたのは、姉の子ども二人だ。

「けいちゃん――っ!! おっかえり――っ!!」

元気いっぱいに言いながら、男の子が飛びついてくる。小学四年の彰だ。その後に続いてやってきたのは、小学二年になる柑奈だ。

「けいちゃん、おかえりー」

彰は加恋を見るなり、「うおおおおーーっ」と興奮したように雄叫びを上げた。

すぐに身をひるがえし、廊下をバタバタと引き返して居間に駆け込む。

「ばあちゃん、ばあちゃん、やべーーっ、けいちゃんがオンナを連れてきたーーーっ!!」

「あはははは、そりゃないわ。あの子が連れて帰ってくるなんて、幽霊くらい……」

彰に手を引っ張られて出てきた母が、玄関に突っ立っている恵と加恋を見た途端、大きく息を吸い込む。そのまま、口を開けたまま固まってしまった。

幽霊を見た時よりも驚いた顔になっていただろう。その大げさな反応が恥ずかしくて、恵は自分の目もとを手で押さえた。

「こんにちは、お邪魔します!!」

加恋が緊張したように挨拶して頭を下げると、母はようやく我に返ったらしく、「いらっしゃい!」と笑みを作っていた。


出かける用事のあった母を急かして家から追い出し、騒ぐ彰と柑奈を居間に押し込めることに成功すると、恵は台所に戻る。

加恋は恵の母から借りたエプロンをして、さっそく米を研いでいるところだった。

「手伝うよ」

そう言ってキッチンに立ってみたのはいいが、なにから始めればいいのかわからない。

スーパーで買ってきた食材を、とりあえず袋から出してカウンターに並べてみる。

(洗えばいいんだよな……)

そう思ってジャガイモを見つめていると、加恋が手を止めてこちらを見た。

「これ、洗っていい？」

ジャガイモを見せながらきくと、「うん、お願いします」と彼女は微笑む。

水を出すと、恵はジャガイモの土を拭うように洗う。

「さっき、ゴメン……色々、きかれなかった？」

しばらく母親と一緒に台所にいて、話をしていたようだ。

「隅田君のお母さん、楽しい人だね」

「おしゃべりなだけだって……」

暇さえあれば、誰かとしゃべっている。相手がいない時には、テレビに向かって独り言を言っているし、それに飽きると父の飼っているチワワにしゃべりかけていた。

檀家のおばさん方が来た時など、何時間でも世間話で盛り上がっている。

きっと今日も、彼女を質問攻めにして困らせたに違いない。恵はつい顔をしかめる。

視線を感じてふとドアのほうを見れば、居間に押し込めたはずの彰と柑奈が、二人してドアの隙間から覗いていた。

（あいつら〜〜〜っ！！！）

ジャガイモを握り締めたままドアに向かうと、勢いよく開ける。

よろめいた彰が、「どわっ！」と声を上げた。

「宿・題・は？」

恵は腕を組みながら、眉間にシワを寄せる。

「だって、ばあちゃんが、けいちゃんがフジュンなことをしないか見張ってろって」

「するかよっ。カレー、作ってんだから入るな！」

「アイス代」

彰がニヤニヤしながら、手を出してくる。近くのコンビニに買いにいくつもりなのだろう。その間だけでも静かになるなら安いものだ。

恵はズボンのポケットから取り出した財布をその手に押しつける。

「マンガの雑誌も買っていいー？」

「ばあちゃんに言うなよ……怒られんだから」

「やったーっ!!」

飛び跳ねながら、彰は柑奈を連れて玄関のほうに走っていった。それを見届けて、うんざりした顔のままドアを閉める。

台所に引き返すと、加恋が堪(こら)えきれないように口もとを両手で押さえていた。

「ゴメン……うるさくて」

「ううん、隅田君のお家、賑(にぎ)やかで楽しいね」

彼女はそう言って、またクスクスと笑った。

カレーがようやくできて居間に運ぶと、彰と柑奈は畳(たたみ)に転がってマンガ雑誌を読みふけっていた。

縁側(えんがわ)に吊(つ)ってある風鈴(ふうりん)が、エアコンの風が当たるたびに涼(すず)やかな音を奏(かな)でる。

彰と柑奈を急かして片づけさせてから、カレーと麦茶のグラスを並べた。

全員が座ると、「いただきます！」と手を合わせる。

「うま――いっ！」

スプーンをくわえたまま大きな声を上げたのは彰だ。柑奈も「おいしい」と、笑顔になる。

「ほんとだ、すげーうまい……」

恵が言うと、心配そうな顔をしていた加恋はホッとしたように口もとを緩めていた。

「少し、甘めに作ったけどよかったかな」

「ちょうどいい。俺んちのカレー、からすぎるから」

そう言って、カレーをすくったスプーンを口に運ぶ。加恋も自分のカレーを食べ始めた。

カレーを作り終えてすぐに帰ろうとした彼女を引き止めたのは恵だ。『せっかくだから、一緒に食べれば？』と誘った。

カレーを作ってもらったのにろくにお礼もせず帰らせたなんて言えば、『バカ！』と母にしばかれそうだ。そうでなくても、出かける前に『私が帰るまで、絶対帰らせちゃダメよ！』と、しつこいくらいに念押しされたのだ。あの様子では、用事を終えたらすっ飛んで帰ってくるだろう。


なにより――一緒にいたかったのは恵だ。

こんな機会でもなければ、話す機会なんてない。学校では、顔を合わせるのも登校した時と、帰る時くらいだ。用もないのに、彼女のクラスに行くわけにもいかない。

（けど……人んちにいるってけっこう、気をつかうよな）

向かいに座っている彼女にチラッと視線を向ける。

加恋はくっつくように座っている柑奈と、すっかり打ち解けて話をしていた。

「お姉ちゃん、ニンジンおいしい！」

「ニンジン、好き？」

「うんっ、好き！　星の形にしてあるのかわいい！」

「いっぱい、食べてね」

彼女はそう言って笑顔になる。

（楽しそう……だよな……）

気まずそうにしてはいないようだ。厚かましいことを頼んだかもしれないと思ったが、心配はいらなかったようだ。

「なーなー、けいちゃん、後でキャッチボールする⁉」

彰がカレーを食べながら、話しかけてくる。

「今日はやんない。お客さん、来てるだろ」

「えーーっ、じゃあ、夏祭りは？　夏祭りは行く？」

返事を渋っていると、「夏祭り？」と加恋がこちらを見てきいた。

「地区の夏祭り。毎年、公民館の前の広場でやってるんだよ」

「お姉ちゃんも行くー？」

加恋のスカートを引っ張って、柑奈が期待の眼差しを向ける。

恵も思わず彼女を見つめていたが、目が合ってすぐにカレーの皿に視線を戻した。

「……………三浦も、行く？」

「え？」

「夏祭り……………よかったら」

握り締めていたスプーンでカレーをすくい、口に運びながら何気なく言う。

加恋は迷うように少しのあいだ黙っていた。

彰も柑奈も珍しく黙って、恵と加恋の顔を見ている。

静かになった部屋に、チリンと風鈴の音が鳴った。

「……………行っても、いいの？」

「いいよ……ってていうか、三浦が一緒にいてくれると助かる。この二人の面倒、見なきゃいけないから」

口実だと思いながら、視線を下げてそう言った。

「でも……迷惑、だよな。遅くなるし……」

「そんなことないよ」

きっぱりとした彼女の口調に、恵も視線を上げる。

加恋は少し緊張気味に唇を結んでいた。

「私も行きたい……………夏祭り」

そう言ってから、「楽しそうだし」と頬を赤くしながら取り繕うように笑みを作る。

「よかった……」

ホッとした声になったことに焦って、恵は残りのカレーを口に押し込んだ。

彰にせがまれて夕方までキャッチボールに付き合ってから家に戻ると、奥の部屋から加恋と柑奈が出てきた。「けいちゃーん、見て見て!」と、ピンク色の金魚柄の浴衣を着た柑奈が駆け寄ってくる。そして、玄関に突っ立っていた恵の足に抱きついた。

「似合うー?」

「え? 似合うよ……」

頭を撫でてやると、柑奈は嬉しそうにニコーッと笑った。恵は視線を加恋に移す。紺色の朝顔柄の浴衣を着た彼女が、緊張気味にやってきた。

「じゃあ、楽しんできてねー!」

部屋から顔を出した母が、ニヤニヤしながら手を振る。

加恋は振り返ると、「浴衣、ありがとうございます」と頭を下げた。

「お姉さんの浴衣、貸してもらったの……」

恵のほうを向くと、そう気恥ずかしそうな顔をして言う。

「もう……始まってると思うけど……行く？」

尋ねる声がほんの少しうわずってしまった。目が合わせられなくて、視線は逸れたままだ。

加恋は「うん」と、小さく頷いた。しゃがんで柑奈に草履を履かせているあいだ、彼女も母が玄関に出しておいてくれた草履を履いている。

先に家を飛び出した彰が、しびれを切らしたように、「早くーっ！」と急かすのが聞こえた。

寺の門を出て石段を下りると、夕日に染まる道を並んで歩く。

浴衣を着た近所の人たちも、公民館に向かっていた。

「……キャッチボールしてたんだね」

加恋に言われて、自分が握り締めたままだったボールにようやく気づく。

「忘れてた……」

無意識にもてあそんでいたボールを、ズボンのポケットに押し込んだ。

加恋が口もとに手をやって、クスッと笑う。

「隅田君、いつから野球やってたの？」

「小学生の頃……かな」

「好きなんだね」

「他に趣味とかなかったし」

「自分の好きなことに打ち込めるって、すごいことだよ」

恵は彼女を見つめた後でふっと表情を和らげた。

「……三浦は？　マンガとか……小説？」

「それも好きだよ」

「さっきの……小説とか？」

「千紗に教えてもらって……すごく面白くてはまったの。一緒に舞台とか観に行ったよ」

彼女は「また観たいな」と、微笑む。

「同じクラスの鷹野のこと？」

「うん。よく知ってるね」

「俺の友達が一年の時に同じクラスだったから」

そう答えてから、「今のクラス……どう？」と尋ねてみた。

「楽しいよ。千紗がいるから」

加恋から、そうすぐに答えが返ってきた。

恵は下駄箱のところで、千紗に睨まれたことを思い出す。

初対面で、嫌われるようなことをした覚えはまったくない。睨まれる理由は不明だが、あまり好意的に思われていないのは確かだ。

じんわりと汗ばんでいる首の後ろに手をやる。

（まあ、いいけど……三浦の友達みたいだし）

「前は……みんなに合わせてばかりいたから。好きなことも好きって、胸を張って言えなくて、笑われないかとか、嫌われないかとか、そんなことばかり気にしてたの。おかしいよね。本当はそんな必要ないのに……自分のこと、ごまかしてばかりだった……だから、少しも楽しくなくて」

加恋は思い出した痛みをごまかすように弱い笑みを浮かべていた。

「……そういうのは辛いよな……」

本来の自分を押し隠して、まわりに合わせているのも息苦しくて窮屈なことだろう。

そのせいで、好きなものを我慢していなければならないことも。

一年の時、一人でうつむいていた彼女のことが頭をよぎる。

「やっぱり、好きなこととして笑っていてほしいって思うし……」

視線を感じて隣を見ると、加恋がジッと見つめていた。

一人で語っていたようで恥ずかしくなり、気づくと恵の顔が赤くなっていた。

「変なこと言ったかも。ゴメン……」

人の心の痛みを正確に知ることは難しい。一言で語れるほど単純なことではない。

それに、どれほど相手の痛みを理解したいと思ったところで、実際に同じ傷を負ってみなければ本当に知ることはできない。

世の中には趣味が合わない相手もいる。考えが違う相手も。全ての人間に、自分という人間を理解してもらう必要はない。

大切だと思う相手が、わかってくれていたらそれだけで十分なのだろう。

わかり合えない人間に理解を求め、拒絶されて、虚しくなるよりずっといい。

「ううん……ありがとう……」

加恋は小さく首を振ってから、恵を見つめたまま微笑む。

その瞳からつい目を逸らし、落ち着かないように両手をズボンのポケットに押し込んだ。

「けいちゃん、早くーっ！」

ようやく公民館が見えてくると、駆け足になった彰と柑奈が手を振って呼んでいた。

それほど広くはない広場に、人が集まって夏祭りを楽しんでいる。地区の祭りだから、提灯が飾られ、隅のほうに綿菓子や、かき氷の屋台が少し出ている程度だ。

焼きそばや焼き鳥の屋台も出ているが、そちらには近所の大人たちが集まり、ビールを飲みながら談笑している。

加恋は木の下のベンチに腰をかけ、走りまわっている子どもの様子を楽しそうに眺めていた。かき氷のカップを両手に持った恵が足を止めて見つめていると、視線に気づいたのか彼女が振り向いた。

歩み寄り、赤いイチゴのシロップと練乳のかかったかき氷を差し出す。

加恋は恵を見上げ、「ありがとう」と微笑んでそのカップを両手で受け取った。

隣に腰を下ろし、加恋がかき氷をスプーンですくって一口食べるのを見守る。

「冷たくておいしい」

夜になっても、汗ばんでくるくらいに熱気が残ったままだ。

恵も自分が持っていたかき氷をサクッとスプーンで崩して口に運ぶ。

「つまんなかったら……ゴメン。あんまり、やることないよな……」

「楽しいよ。お祭り、行くのなんて久しぶりだから。それに……誘ってもらえたことが嬉しかったから」

加恋はふわっと、柔らかい笑い方をした。そんな彼女に一瞬、ドキッとする。

「……花火大会とかは？」

毎年行われている花火大会は、大勢人が集まる。夜店なども多く出ているだろう。

恵は中学の頃も去年も、野球部の友人たちと見に行った。夏休み中はほとんど部活があるため、息抜きに出かけられるのは、その時くらいしかないからだ。

「小学生の頃に行ったきりかな……」

「今年は……」

言葉が途切れた恵に、加恋が視線を向けた。

「行かないのか？」

「……どうかな……隅田君は行くの？」

「俺は……」

去年と同じく、野球部の友人たちに誘われるだろう。

行くつもりでいたけれど、今年はできれば——。

加恋をさりげなく見ると、彼女が恵の言葉を待つようにこちらを見たままだった。

「どう……だろ。行ければいいけど……」

そう曖昧に答え、かき氷を頰張る。頭がキンッとして、「……っ！」とスプーンを持った手で押さえた。

加恋がフフッと笑い、自分のかき氷を一口食べる。

恵はその横顔を、無意識に見つめていた。

『無理です。誰とも付き合うつもりはないし、迷惑です』

『もう、嫌われたくないし、目立ちたくないの！』

一年の頃、突き放すように言われた言葉は、忘れようもなくて、一年経った今でも痛みは胸の奥に残ったままだ。

あの頃とは違う。あの頃よりは受け入れてもらえるかもしれない――なんて、自分に都合のいい思い込みだろうか。

今日一日、一緒にいてくれたのは、助けたことへのお礼だ。彼女もそう言った。

それ以上の気持ちがあるなんて、勝手に期待するほうが間違っている。

チャンスは一度きりだった。その一回を見事なまでに空振りしながら、二度目のチャンスを望むなんて、それこそしつこいと嫌われるだろう。

膝の上の手が汗ばむのを感じて握り締める。

「……………どうかした？」

眉間にシワを寄せて黙っていたからか、加恋が心配そうな顔できいてくる。

自分の手もとに向けていた視線を上げると、恵は彼女の瞳を真っ直ぐに見た。

「あのさ……」

「う……ん……」

緊張したような表情になって、彼女が小さな返事をする。

時折風に揺れる提灯の灯りの下で、気づくと見つめ合っていた。

手に持ったカップの中で、ゆっくりと氷が溶けていく。

たっぷり一分ほどはそうしていただろうか。

賑やかな声で我に返り、すぐに視線を外した。

「その……浴衣、似合ってる」

ようやく言えたのはそれだけだった。

赤くなった顔を下に向け、ほとんど水になってしまったかき氷を一気に飲み込んだ。

顔の熱はそれでも冷めない。

加恋は目を丸くしてから、「ありがとう」と答えてはにかむように笑う。

浴衣は本当によく似合っている。そう言えただけでも、自分にしては上出来だろう。

髪の赤いリボンともよく合っていた。

(ほんと、綺麗………)


「お姉ちゃん、花火しよーっ」

駆け寄ってきた柑奈が、加恋の膝に抱きついて持っていた花火のパックを見せる。

子どもたちに配られたものだろう。賑やかな声につられて公民館のほうを見れば、子どもたちが集まって花火をしている。

彰も「けいちゃーんっ、花火ーっ！」と、手に持った花火を見せていた。

加恋は柑奈に手を引っ張られてベンチから立ち上がり、花火をしているみんなのほうに移動する。


柑奈と一緒にしゃがんだ加恋が、花火を袋から出してこよりに火を点けた。

パチパチと火花が弾けるのを見ながら柑奈と楽しそうに笑っている彼女の姿を、恵はベンチに座ったまま眺める。

もう一度、告白したら、付き合いたいと言ったら——。

やっぱり、彼女は『無理です』と答えるのだろうか。

それとも、今度はあの時とは違う答えをくれるのだろうか。

ポケットに入れたままだった野球のボールを取り出し、見つめる。

それを、手の中でまわしてから強く握り締めた。

視線を上げると、加恋もこちらを見ていた。

柑奈と彰が「けいちゃーん」と、手を振って呼んでいる。笑顔になって一緒に手を振った彼女を見て笑みをもらすと、恵はかき氷のカップをおいて立ち上がった。

（そんなの……やってみなきゃわかんないよな）

Change7 ～変化7～

Change7 ～変化7～

一

翌週の放課後、恵は部室でユニフォームに着替えると、他の部員たちと一緒に駆け足で校庭に向かう。その足を途中で止めたのは、校舎から出てきた加恋の姿に気づいたからだ。

「恵、なにやってんだ？　試合始まるぞ」

遅れてやってきた陽人に声をかけられる。

「悪い、先行ってて」

陽人は加恋をチラッと見てから、「遅れんなよ」とだけ言って先に行く。

待っている恵に気づいて、加恋が足を止めた。

この場所は、一年前に告白した場所だ。

フェンスの向こうの校庭では、野球部の部員たちがキャッチボールを始めている。

あの時も試合の前だったと、無意識に帽子のつばに手をやりながら思い出した。

「これから……試合？」

先に口を開いたのは加恋だ。今日、野球部の試合があることは、耳に入っていたのだろう。校庭では他校の野球部の部員たちが集まり、ミーティングをしている。

「三浦は？　帰るところ？」

「うん……そのつもり……」

あの日と同じく、蟬の声が辺りに響いていた。照りつける日差しが暑い。

恵は少しだけ自分の影を見つめてから、その視線を戻す。

真っ直ぐ彼女を見たまま、「あのさ」と緊張気味に口を開いた。

「部活終わるまで、待っててくれないかな」

加恋は少しだけ躊躇うように、黙っていた。熱を持ったようにその頰が赤くなる。

返事を待っていると、「うん……いいよ」と小さな声で彼女は答えてくれた。

「ミーティング、始めるぞ！」

監督の号令で、キャッチボールやストレッチをしていた部員たちがベンチのまわりに集合する。

「じゃあ……後で」

加恋にそう言い残し、恵は駆け足で校庭に向かった。

試合前の緊張と相まって、心臓の音がうるさかった。

ミーティングを終えると、恵はベンチに腰をかけてスパイクの紐を結び直す。

隣に座った相方の陽人は、スポーツドリンクのボトルをとり、ゴクッと一口飲んでいた。

「あのさ……」

声をかけると、「んー？」と緊張感のない声が返ってくる。

「今日の試合、勝てたら……」

そう言って靴紐から手を離し、体を起こした。

「告白しようと思ってる」

陽人はボトルを口から離して、驚いたような目でこちらを見る。

恵は横においていた帽子をとって立ち上がった。

「んじゃ……意地でも勝たなきゃな」

陽人も腰を上げると、ニッと笑いながら強めに肩を叩いてくる。

答えるかわりに帽子を深めにかぶると、恵は陽人と一緒に駆け出した。

「お願いしますっ‼」

整列した両チームのメンバーの声が、晴れた空に広がった。

声援の声が響く。額から汗が流れ落ちてきて、マウンドに立った恵は思わず空を仰いだ。青々とした空に、真っ白な雲が湧いている。

水鈴高校が一点リードのまま、九回表になっていた。

三振したバッターが戻ると、次のバッターが軽くバットを揺らしながらバッターボックスに入る。このまま点が入らなければ、この回で試合終了だ。相手チームの応援の声も、これが最後だから一層大きくなっていた。

（あと一人……）

息をゆっくりと吐いて、バッターとキャッチャーの陽人を見る。キャッチャーマスクをつけた陽人は、屈んだ姿勢でミットを構えていた。

太陽の光が暑くて眩しい。それが嫌いではなかった。

フェンスのそばで試合を見守っている加恋の姿を、視界の隅に入れる。

陽人がミットの下でチラッと笑ったのがわかった。きっと、『見られてんのに、かっこ悪いところ、見せられないよな』とでも言いたいのだろう。

（わかってるって……）

振りかぶり、足を大きく踏み出す。

投げ込んだボールが、陽人の構えたミットの中でバンッと気持ちのいい音を立てた。

わずかにバットを振り遅れたバッターが、腰に手を当てて下を向く。

「ストライクッ!!」

審判が声を上げると、ベンチからわっと声が上がった。

陽人が投げ返してきたボールをグローブで受け取り、帽子に手をやって少し深めにかぶり直す。

一年前、彼女に告白を断られた日の試合は散々で、制球も定まらず、七点を失って降板させられた。

残りの試合をうな垂れたままベンチで終えたあの日の情けなさは忘れもしない。陽人が今でもからかうが、笑いたくなるほどボロボロだった。

けれど、今日は——。

振りかぶり、グッと歯を食いしばって一気に腕を振り切る。カーブしたボールがバットをすり抜ける。それを、陽人のミットがしっかりと受け止めた。

審判の「ストライク!」の声が耳に入ると同時に、ふっと息を吐く。

投げ返されたボールを受け取ると、ゆっくりと振りかぶる。あと一球——。

ザッと地面を蹴って、ボールを投げ込む。

審判が「ストライク！」とコールした直後、陽人のミットを見る。ボールはそのど真ん中に入っていた。

バッターがバットを下ろして、ため息を吐いていた。

試合終了だった。ベンチから歓声が上がり、守備位置にいたチームのメンバーも、笑顔で集まってきた。

キャッチャーマスクを外して手に持ちながら、陽人がゆっくりと歩いてくる。そして、帽子を外して腕で汗を拭っている恵の肩を、ミットで軽く叩いた。

「気合い入りすぎだろ。無茶な投球しやがって」

「絶対、負けたくなかった」

フェンスのほうを見ると、彼女と目が合う。

ホッとしたように表情を和らげた加恋を見て、恵は赤くなりそうな顔をごまかすように帽子を深くかぶり直した。

ミーティングが終わって部室に戻り、制服に着替えると、他の部員たちがまだ試合の興奮が冷めないように騒ぐ中、「お疲れ様でした」と一足先に荷物をまとめて部室を出る。

外は鮮やかな夕日の色に染まっていた。

花壇の縁に腰をかけて待っていた加恋を見つけると、緊張して少し深く息を吸い込む。

肩にかけたスポーツバッグの紐を握り締めてからゆっくり歩み寄ると、加恋が少しだけ顔をあげた。その頬は夕日に照らされて赤い。

一度だけ恵を見てから、彼女は顔を正面に戻す。その手は、膝の上においた鞄の端をギュッと握っていた。

「少し、かっこよかった……かも」

小さな声でそう言った彼女の頭に、ポンと帽子をかぶせる。

「わっ⁉」

あわてふためいたように、加恋が声を上げた。

「見られてたから、頑張った」

同じように赤くなった顔を逸らしながら言うと、彼女は帽子の下から見上げてくる。

「チコウィズハニーワークスって、書けるようになった？」

そうきかれて、「えっ」と恵は思わず驚きの声を上げた。

「俺だって、知ってたの!?」

中学一年の時、書店の文具コーナーであのメッセージのやりとりをした相手のことを、彼女は知らないだろうとずっと思っていた。

加恋は顔を隠すように帽子を下げ、肩を小刻みに震わせて笑っている。

胸の中に広がる嬉しさと、初めて彼女を書店で見かけた時と同じ熱の広がる感覚に、口もとがどうしようもなく緩む。それが恥ずかしくて、恵は首の後ろに手をやった。顔が赤くなる。

彼女はいつ、気づいたのだろう。高校の入学式の時にはわかっていたのだろうか。

それに、浮かれて落書きをしていた姿を、いったいいつ見ていたのか。

中学の頃のなんでもないような出来事を、心に留めておいてくれたことにも驚いたし、嬉しかった。一方的にこちらが彼女のことを知っていただけだと、思っていたから――。

けれど、そうではなかった。

加恋は下を向いたまま、楽しそうに笑い続けていた。

そんな彼女を見つめていた恵の表情が真剣なものにかわる。緊張した手を、無意識に強く握っていた。

「やっぱ……無理？」

恵がそうきくと、彼女はゆっくりと視線を上げる。

心臓の音が速くなっていた。

加恋も緊張した表情になり、キュッと唇を結んでいる。

言うなら、今しかないだろう。そのために、彼女に待っていてもらったのだ。

少し深く息を吸い込んでから、「俺と——」と言いかけた時だ。

不意に横から勢いよく水を噴射されて、頭から足まで瞬く間に水浸しになる。

制服が肌にはりついて、滴が垂れた。

突然のことにびっくりしたのか、加恋は目を見開いて、口もとを両手で押さえている。

幸い、彼女にはかからなかったようだ。

「あ、ごめん。雑草と間違えた」

「…………」

ホースの先をギュッと押さえて持ちながら立っていたのはショートヘアの女子だ。

ホースの先は恵に向けられたまま、虹を作って水をかけ続けている。おかげで、恵の足もとにだけ水たまりができていた。

「千紗っ！」

加恋が慌てて名前を呼ぶと、その女子はようやく水道の蛇口を捻って水を止める。

二度目の告白を見事に邪魔してくれた鷹野千紗は、高慢な表情のままフンッと顎をしゃくっていた。


ファーストフード店に入ると、頼んだハンバーガーとジュースが載ったトレイを手に、席を探す。空いていたのは奥の四人がけの席だけだった。

恵が座ると、向かいの席に加恋と千紗が座る。

（なんで鷹野まで……）

恵は渋面を作って、当然のように座ってジュースを飲んでいる千紗を見る。不快感を込めた目で睨まれ、すぐに視線を外した。やはり、敵意を向けられているのだけは間違いない。でなければ、水をぶっかけられたりはしないだろう。

「隅田君、大丈夫？」

加恋が濡れているシャツのことを気にしたのか、心配そうにきいてくる。

「ほとんど乾いた」

学校を出た時にはずぶ濡れのままだったが、暑さのおかげで歩いているうちにかなりマシになってきた。けれど、まだ若干シャツや靴が湿ったままだ。

千紗は知らない顔をして、携帯をいじりながらジュースを飲んでいる。少しも悪いとは思っていないのだろう。

「今日の試合、すごかったね」

加恋がシェイクのカップを手にとりながら、笑顔でそう言った。

「なんの試合？」

恵が口を開く前に、千紗が携帯から視線を上げて加恋に尋ねる。

「野球だよ」

「ふーん……そんなのやってたんだ」

千紗は興味がまったくなさそうに言ってから、「負けたの？」と恵に視線を移した。

「勝った！」

恵はついムッとして答えた。千紗の口もとに意地の悪い笑みがこぼれる。

「へー、そうなんだ……あっ、加恋」

千紗が頬杖をついたまま、自分の携帯の画面を加恋に向けた。ポテトの絵と『当選！』

の文字がその画面には表示されている。一日一回引けるアプリのクジだろう。

「ポテト当たったけど、食べる？」

「うんっ、おいしそう」

「じゃあ、お願い」

千紗は携帯を通路側に座っている加恋に渡す。「いいよ」と気軽に答えて席を立った加恋は、レジカウンターに向かう。列ができているから、少し時間がかかりそうだ。

退屈そうな顔をしてジュースを飲んでいる千紗と特に話すこともなくて、恵は気まずさを紛らわせるようにハンバーガーを口に運んだ。

（告白……どうしてくれんだよ）

千紗が水をぶっかけてくれたおかげで、中途半端なままだ。

帰りにもう一回言うつもりだったのに、千紗が加恋の隣に張りついているせいで言い出せるような雰囲気にもならない。

恵は楽しそうに話をしている二人の後ろを、面白くない顔で歩いていた。

このファーストフード店に入ろうと急に言い出したのは千紗だ。

加恋がすっかり信頼している友人なのだろう。悪い相手ではないと思いたいが、考えていることが今一つ読めない。

ハンバーガーを食べ終えると、紙をクシャッと手で握り潰す。

「……どういうつもりだよ」

「……なにが？」

千紗がまったく友好的ではない視線を向けてくる。

「三浦に席外させたの、わざとだろ」

ポテトくらい自分でとりに行けばいい。そうしなかったのは、加恋に聞かれたくない話があるからだ。

「気づいてたんだ」

「それくらいは」

「じゃあ、言うけど……」

千紗はテーブルに手をついて腰を浮かせると、身を乗り出すようにゆっくりと顔を寄せてくる。その唇から吐息と一緒に、「ねぇ」と囁くような声が漏れた。

「加恋を、譲ってよ……」

どういう意味で言われたのか咄嗟にわからなくて、恵はからかわれているのだろうかと眉根を寄せた。けれど、千紗の瞳は真剣そのものだ。

「譲るもなにも……三浦は俺のじゃないだろ」

付き合おうと言う前に、水をぶっかけて妨害してきたのはそっちじゃないかと思ったが、口に出しては言わなかった。

「いいじゃない。どうせ、モテるんだから……告白してくる女子なんて、いくらでもいるくせに……」

千紗は恵から視線を逸らさず、「譲ってよ」ともう一度繰り返した。

「嫌だ」

「他にいくらでも選べるでしょ。私は……っ!!」

思いとどまるように言葉を切ると、千紗はわずかに顔を歪めてうつむく。

ジュースのカップが彼女の手の中で潰れ、氷がトレイの上にこぼれて散らばっていた。

「俺だって、誰でもいいわけじゃない!」

つい、彼女につられて語気を強める。意表を突かれたように、千紗が顔を上げた。

「どういうつもりなのかわからないけど、俺に言うのは違うだろ……それに、三浦のこと、譲る気なんてない」

恵は真剣な顔になってはっきりと言う。

沈黙の後で、「ハッ……」と千紗が短く笑った。

「いいよね……リア充は……」

その皮肉っぽい言い方にムッとして顔をしかめる。

「関係ないだろ」

「加恋が言ってた通り……バカ正直なやつ。ホント、ムカつく……」

長めの前髪を煩わしそうに手で掻き上げながら、千紗は独り言のように呟く。

「ポテトもらって……」

戻ってきた加恋がトレイを両手で持ったまま、気まずい顔でそっぽを向いている千紗と恵を見た。

「……どうしたの？」

「隅田をちょっと口説いてただけだよ」

千紗の言葉に、「え？」と加恋が目を丸くする。

「いい加減なことを言うな」

恵は顔をしかめて千紗を見てから、「鷹野が適当なこと言ってるだけだから」と加恋に言った。

「つまんないやつだよねー。冗談も通じないし」

「悪かったな」

そう言い合う二人を見て、加恋がおかしそうに笑う。

千紗はフッと表情を和らげると、椅子にかけていたバッグとテーブルの上のトレイをとった。

「千紗、帰るの？」

「んー、用事あるの思い出したから」

「このポテトは？　持ち帰りにしてもらったほうがよかった？」

加恋は揚げたてのポテトが載ったトレイを戸惑い気味に見る。

「二人で食べなよ。じゃあね、加恋」

千紗はバッグを肩にかけると、加恋に向かって笑みを作る。それから、恵に視線を移し、

『ベーッ』と舌を出した。

「じゃあまた、明日ね」

加恋は手を振って千紗を見送ってから、ポテトの載ったトレイをテーブルにおく。

「……鷹野って、いつもあんな感じ？」

恵が尋ねると、加恋は向かいに座りながら、「うん」と笑顔で頷く。

「仲、いいんだな……」

「千紗がいなかったら、私はずっと一人だったから。大事な友達だよ」

「ふーん……」

(友達、か……)

『加恋を、譲ってよ……』

真剣な目をして言ってきた彼女のことが頭をよぎる。

どこか切羽詰まっているような必死さが、その目にはあった。

「もしかして、ケンカでもした？」

ぼんやりと考え込んでいると、加恋が気づかうようにきいてくる。

「いや……それより、そのポテト……もらっていい？」

ポテトを指差してきくと、「うん、いいよ」と彼女は笑顔でトレイをテーブルの真ん中に寄せた。涼しい店内で、向かい合って座りながら一緒にポテトをつまむ。

千紗も帰ったのだし、今は二人だ。もう一度、言うチャンスなのかもしれない。

けれど、楽しそうに試合の時の話をする加恋を見ていたら、伝えようとした言葉が出てこなかった。今はそれでいいのかもしれないと、ぼんやりと思う。

こうして、一緒にいられることに満足してしまって――。

「そういえば……いつ、見てたの？　俺のこと」

中学の時のことを、ふときいてみたくなった。

「えっ！　……いつ……だったかな。隅田君は？」

少しあわててから、彼女は反応をうかがうような視線をチラッと向けてくる。

「………いつだったかな」

頬杖をついたままとぼけると、加恋は一度瞬きしてから口もとに手をやって笑っていた。

それを見つめたまま、恵もフッと表情を崩す。

「そのうち……教える」

「うん……私も」

二

二月最初の週の放課後、恵は陽人と一緒に昇降口で靴を履き替えていた。

「今日、せっかく部活も休みなんだから、どっか寄るか？　バッティングセンターとかさ」

靴を下駄箱にしまいながら、陽人がニッと笑う。

「それ、いつもの部活と変わんないだろ」

「んじゃ、カラオケ……って、お前は行かねーか。部活休みだと、暇で仕方ないよなー」

「ランニングでもして帰ればいいんじゃないか？」

「それ、いつもの部活と変わんないだろ」

陽人は頭の後ろで手を組みながら、恵が言ったことをそのまま返してくる。

まったくだと、恵はため息を吐いて上履きを下駄箱にしまった。

階段を下りてきた加恋が、恵と陽人に気づいて『あっ』というように足を止める。

「隅田君、今日も部活？」

「いや……帰るところ」

恵がそう答えると、「今日、部活ないんだよなー」と言いながら、陽人が肘で密かに押してくる。メガネの奥の瞳が、冷やかすように笑っていた。

「誘えよ」

「うるさい」

恵は小声で耳打ちしてくる陽人に小声で返し、余計なことを言い出しそうなその口を手で塞ぐ。

「三浦も……帰るとこ？」

「うん……ちょっと寄りたいところがあって。じゃあ、またね」

加恋はニコッと微笑んで小さく手を振る。

自分のクラスの下駄箱の方に歩いていく彼女の姿を、恵はしばらく目で追っていた。

すっかり呆れた顔になっている陽人の口から、ようやく手を離す。

「なあ、恵。チャンスって、そう何度も巡ってくるわけじゃないと思うぞ？」

「知ってるって……」

恵は眉根を寄せて校舎を出る。

薄曇りの空が広がり、雪が舞っていた。吐いた息が白くなる。

他の生徒たちの話し声や笑い声を聞きながら、恵は陽人と並んで歩き出した。

「そーやって、いつまで見送ってるつもりだ？　それとも、三浦さんって他に誰か、好きなやつがいるのか？」

「……………聞いたことない」

（鷹野とはいつも一緒にいるけど……）

「かわいいんだし、モテるだろーな」

「……そうだな」

「他のやつに先越されるかもしれないぞー」

「……そうだな」

不機嫌な顔のまま適当に相づちを打つ。

正門を出たところで、背中を思いっきり叩かれてよろめいた。

「……なんだよ？」

「それでいいのか？」

そう尋ねる陽人の表情も声もいつになく真剣で、茶化すような雰囲気ではなかった。

「……わかってるって」

呟くように答えて、恵はとけかけた雪を踏みながら歩き出す。

「なんで言わないんだ？　それとも、別の女子のことが気になってるからとか？」

「それはない」

付き合いたいと思ったのは、後にも先にもただ一人だ。彼女以外の誰かを選ぼうと思ったことはない。

並んで歩く二人のコートに落ちた雪はすぐにとけてしみ込む。

「おまえが、そんなに優柔不断な性格だったとは知らなかったよ。いつもは頑固なのにさ」

隣を歩く陽人が「クッ」と、小さく笑った。

「……わかんないだろ……三浦が俺のことどう思ってるかなんて」

恵は足もとに視線をやり、ポツリとそう答えた。陽人の視線がこちらに向く。

加恋は恵が話しかけても嫌な顔はしない。一緒にいる時は、楽しそうに笑ってもくれる。

二回目の告白をしようとした時も、彼女は試合が終わるまで待っていてくれた。

気持ちを伝えたとしても、一年生の頃のように拒絶はされないのかもしれない。

だからといって、彼女が恋愛感情を持ってくれていると決まったわけではない。ただの友人同士でいるほうがいいと思われている可能性もあるだろう。

以前、彼女がクラスで千紗と話をしているのを、偶然耳にした。

文化祭の少し前のことだ。

今日こそはと決意して彼女のクラスに足を運んだ時、話し声が聞こえてきた。

教室にいたのは、加恋と千紗だけだった。

『加恋はさ……誰かと付き合いたいと思ったことある？』

千紗に問われた加恋は少し迷ってから、『……今は思わない、かな』と小声で答えていた。

『……なんで？　気になる人、いないの？』

『……私には……誰かを好きになる資格がないんだよ』

加恋は視線を下げたまま、そう少し寂しさの滲んだ笑みを浮かべた。

どうして、そんなふうに思うのかはわからないが、彼女が誰かとの恋愛を望まないのであればそれは仕方がないことだ。

いつかは、前向きな気持ちにもなるかもしれない。自然と誰かを好きだと思えるようになる時も来るかもしれない。そう思って待ち続けていたら、気持ちを伝えられないまま今になってしまった。

たしかに、陽人の言う通り、あまり自分らしくはないのだろう。

いつもなら、気になることがあれば、遠慮なく直球できく。曖昧なままにしておくほうが、落ち着かない。

本当は今も、彼女の気持ちを確かめたくてたまらないのに——。

(できないよな……)

嫌われたくない。色々考えてみたけれど、彼女に言えない理由は結局のところ、ただそれだけな気がした。

今度拒絶されてしまえば、本当に終わりだ。次のチャンスはもう巡ってこない。

黙ったまま歩いていた恵は、ジッと見てくる陽人に気づいて振り向く。

「俺がかわりに、ラブレターを書いてやろうか？　任せろよ、これでも小学生の時に書道教室に通ってたんだ」

「……たった三ヶ月だろ」

「そう言うなって。俺があのまま書道を続けてたら今ごろ書道部に入ってただろうし、おまえは俺という優秀なキャッチャーを失っていたんだぞ。俺が飽き性でよかっただろ？」

恵は「なんだよそれ」と、呆れた顔をする。

「まあ、冗談じゃなくてさ。いつでも協力するってことだ」

「自暴自棄な気分になったら、考える」

陽人は「こいつ」と笑って、肩を叩いてくる。お返しだとばかりに叩き返してから、二人で笑った。

「ハンバーガーでも食って帰るか？」

「いや……寄るとこある」

恵は書店のドアの前で足を止める。

「そっか、じゃあまた明日な」

陽人は笑って軽く手を振ると、駅に向かって歩いていった。

その姿を見送ってから、恵はガラス越しに見える店内に視線を向ける。


好きになったのは、きっと最初からだ。

初めて彼女とメッセージのやりとりをした時から、好きだと思った。会ってみたいと思った。毎日のように書店の前を通り、どんな子だろうと想像を巡らせた。

文具コーナーで赤ペンを手にクスッと笑っていた彼女を初めて見て、メッセージのやりとりの相手が彼女だとわかって、『付き合うなら、この子がいい』と強く思った。

今もそうだ――。

書店に足を向け、自動ドアを通り抜けて店に入ると暖房が効いていて暖かかった。

あの日、彼女が立っていた文具コーナーに向かう。

赤ペンを手に、クスッと笑っていた加恋の姿を思い出し、恵の口もとにも笑みがこぼれた。

チコウィズハニーワークス——。

好きなくせに、綴りを間違えた。彼女に笑われるのも当然だ。

あれを書いたのが恵だと、加恋は知っていた。それを知った時、驚いて少し焦った。

どこかで、彼女も見ていたのだろう。ここで試し書きの用紙に書いていた恵のことを。


試し書き用におかれたペンの中から、青のペンを取り出す。

紙の端にペンを走らせてから、「なにやってんだろうな……」と苦笑してペンを戻した。

こんなところに書いてみたところで、しかたないのに。

その場を離れると、本と参考書を買って店を出る。

見上げた空に雪が舞っていて、通り過ぎる人たちが傘を差していた。

ただ、あの日のように、彼女が気づいてくれるかもしれないと、そう思ったから——。

恵はポケットに手を入れると、駅に向かって歩き出した。

翌週の学校帰り、恵は陽人と駅の前で別れると、書店に足を運んだ。
（あの紙、もう……捨てられてるかもな）
そう思いながら文具コーナーに向かうと、メッセージを残した紙はまだそのまま残っていた。
もしかしたら、彼女が見てくれるかもしれないと、期待しながら青ペンで書いた。

『好きだ——』

直接伝えればいいのに。その決意ができなくて。
思わずこぼれた呟き（つぶや）のような気持ちだった。
恵が書いた青ペンの文字の横に、赤ペンで小さくメッセージが添え（そ）られている。
それは、加恋の字だ。すぐにわかった。中学の時と同じだったから。

『私も』

そう、書かれているのを見て息を呑み、咄嗟に自分の口もとに手をやる。

気づいてくれた。

ちゃんと、届いた――。


心臓の音が急かすように速くなり、いてもたってもいられずその場を離れる。

ドアを押し開いて外に飛び出すと、店に入ろうとしていた人とぶつかりそうになった。

「すみませんっ！」

焦って頭を下げてすぐに走り出そうとしたが、途中で足踏みしてから止まる。

(三浦、どこにいるのか知らないのに……っ)

連絡先も交換していないから、きくこともできない。

帰りに会った時、加恋は千紗と一緒にいた。『職員室に寄るから、先に帰ってて』と千紗に話していたから、まだ学校だろうか。そうであってほしかった。

『……私には……誰かを好きになる資格がないんだよ』

彼女の言葉が、頭をよぎる。

（そんなこと、あるわけないだろ……）

誰だって生きていれば過ちをおかす。
綺麗では生きられない。
拭えない罪も、傷も、増えていくのだろう。
それでも——。
誰かを好きになる資格がないなんてことは絶対にないはずだ。

明るく笑っていてほしい。
これから、楽しい思い出だっていくらでも作れるだろう。
君と出会えてよかったと、思う誰かも。
君を好きだと思う誰かも。
君の幸せを願う誰かも。
——いるのだと、忘れてほしくはない。

学校の正門を抜けて、校舎に向かう途中、校庭のフェンスのそばで加恋の姿を見つける。

走ってきたせいで息が弾んでいた。深呼吸をして息を整える。

加恋も恵に気づいたのか、ハッとしたように足を止めていた。

心臓の鼓動が痛いほど速くなっている。

一呼吸おいてから、恵は真っ直ぐ彼女と向き合った。

離れた二人のあいだに、ゆっくりと雪が落ちて、地面に積もる。

「あの書店のメッセージ……読んだ」

そう言うと、加恋の頰が赤く染まる。その視線がゆっくりと足もとに向いた。

「うん……」

「あれ、本気って思っていい？」

真剣な顔できくと、彼女の瞳が迷うように揺らぐ。

「いいの……？」

加恋は唇を一度強く結んでから、ゆっくりと口を開いた。

「私、そんなにいい子じゃないよ……もしかしたら、違うって……隅田君が私のことを知れば嫌いに……」

「思わない」

恵は彼女の言葉を遮るように、きっぱりと答える。

彼女を見つめたまま、「思わない」ともう一度繰り返した。

「三浦のこと、全然知らないわけじゃない。ずっと見てたから……だから、嫌いになんてならないし、違うなんて思わない」

辛いことがあっても、ずっと一人で頑張ってきた姿を見てきた。

諦めないで前を向こうとする姿も——。

それなのに、嫌いになんて、違うなんて思うはずがない。

加恋の瞳がゆっくりと潤んでいく。それを堪えるように、彼女は目を伏せていた。

「好きだ」

真っ直ぐに伝えたその言葉に、彼女が弾かれたように顔を上げる。

届いてほしい。この言葉が、本気なのだと——。

「俺と、付き合ってくれませんか!!」

恵は大きな声で言うと、片手を差し出して頭を深く下げた。

他の誰かが聞いていたっていい。誰かに見られていても。

どれくらい、彼女は黙っていただろう。

足を踏み出し、そばにやってくると、差し出したままの恵の手に自分の手をそっと重ねた。

指先を遠慮がちに握られて、恵はようやく頭を起こす。

潤んだ彼女の瞳から涙がポロッとこぼれて、頬に濡れたあとを残していた。

その唇が、「ありがとう」と動く。ほとんど声にはなっていなかった。

彼女は恵を見つめて、微笑む。

「私も……好き…………」

すぐに離れそうになった細い手を、思わず強くつかむ。

彼女は赤くなった顔についた涙を、あわてたようにもう片方の手で拭っていた。

それがかわいくて、恵は表情を和らげる。

「……一緒に帰る？」

「……うん」

はにかむように彼女が頷く。

恵は一度手を解いてから、しっかりと繋ぎ直した。

三

雪が舞う暗くなりかけた道を、鷹野千紗は一人で歩いていた。書店に寄って帰る途中だ。

(そういえば、CD予約してなかった……)

CDショップに向かおうとしたが、『明日でいっか……』と気が変わる。

その時、携帯が鳴ってバッグから取り出した。

加恋からだった。歩きながらその電話に出て、「どうしたの？」と尋ねる。

『ごめんね、千紗……今、忙しかった？』

「いいよ……なにかあった？」

『あのね……私……隅田君と付き合うことになって……だから千紗には伝えておこうと思ったの……』

携帯を持ったまま、千紗は数秒沈黙する。

『明日話そうと思ったんだけど、早く伝えておきたくて』

加恋は少しあわてたように早口になっていた。いつもより、緊張している声だ。

「そっか…………わかった。ありがとう、教えてくれて」

『ごめんね。急に電話して……また、明日話すね』

「加恋」
千紗は彼女の名前を呼んだ唇に、笑みを滲ませる。
「よかったね……」
『うん……ありがとう』
嬉しそうな声と共に電話が切れる。いつのまにか、足が止まっていた。
携帯を握り締めたままの手が、ゆっくりと冷えていく。
『加恋はさ……誰かと付き合いたいと思ったことある？』
『……今は思わない、かな』
『なんで？　気になる人、いないの？』
『……私には……誰かを好きになる資格がないんだよ』
放課後の教室で、話したことが浮かんできて無意識に唇を強く結んでいた。
雪が静かに積もる中、佇んだまま携帯を持つ手をさげ、ギュッと力を込めた。

「…………嘘（うそ）つき…………」

Change8 ～変化8～

Change8 ~変化8~

一

五月最初の週、千紗は加恋と二人だけで放課後の教室に残っていた。夕日がガラス窓をすり抜け、教室を赤く染める。校庭で部活をする生徒の声や、廊下を歩いている生徒の話し声が少し遠い。

「やっぱり、千紗は絵がうまいね」

自分の席でノートにキャラの絵を描いていた千紗は、加恋の声でシャーペンを動かす手を止める。前の席に座ってこちらを向いていた加恋は、男子キャラの絵を見て、楽しそうに笑みを浮かべていた。

「あっ、私、このシーン好きだよ」

そう言って、彼女はノートを指差す。

泣いている男子の頬に、もう一人の男子が手を添えて慰めているシーンの絵だ。

「こんなふうに優しくされたら、ドキドキしちゃうよね」

「リアルでこんなことしてくる男子なんていないけどね。顎クイなんてさ」

「そうだね……でも、一回くらいはされてみたいかも」

「……カレシに頼めば？」

彼女はパッと赤くなって、「無理だよ！」と手を横に振る。

加恋と隅田恵は、二年の終わりの頃から付き合うようになった。放課後残っているのも、彼氏の部活が終わるのを待っているからだ。三年生になってからは、いつも一緒に帰っている。

（私は暇つぶしってわけか……）

視線を下げて、ノートに描いていた絵の続きに戻る。

「千紗は、もし、こんなふうにされたら……どうする？」

「リアルの男子に？」

手を止めないままきくと、「うん」と彼女は頬を赤くしたまま頷く。

千紗は少し考えるように、窓の外に視線をやった。

「平手打ちしてやる」

「ドキドキしてすぐに恋に落ちちゃうかもしれないよ？　相手が素敵な人だったら」

両肘を机に乗せると、加恋はニコニコしたまま見つめてくる。

リップを塗った艶々した唇の端が、楽しそうに上がっていた。

「……じゃあ、試してみれば？」

「えっ、今ここ……で？」

「小説の台詞もちゃんと言ってよ？」

少し意地悪をしてみたくて言うと、「ええ〜っ！」と加恋があわてたような声を上げる。

「台詞、ちゃんと覚えてるかな……？」

「だいたい合っていればいいから」

「じゃあ、やるよ……」

加恋は椅子を引いて少し腰を浮かせると、身を乗り出す。

「泣かないで、ボクが君の悲しみを……」

真剣な顔になると、彼女は千紗を見つめたまま頬に手を伸ばしてくる。

その指先が頬に触れる直前でピタッと止まった。

加恋は千紗を見つめたまま、なかなかその先の台詞を言い出さない。そのうちに、困ったような顔になってヘラッと笑った。

「ごめん、忘れちゃった……」

「全然、ドキドキしなかった」

「もう一回、チャンスちょうだい？　今度はちゃんと台詞も言うから」

両手を合わせて頼んでくる加恋をチラッと見てから、「そういうのはカレシにどうぞ」と呆れた顔で答える。

加恋は一瞬言葉に詰まってから、「できないよ……」と小声になる。赤くなった頰が、拗ねたように膨らんでいる。

「友達だから、できるんだよ……千紗だから……」

千紗が視線を上げると、彼女は照れたように笑っていた。

(友達だから、か……)


先ほどは途中で触れるのをやめた加恋の指が、千紗の頰をそっとなぞる。

小説のシーンと同じように、涙を拭うような仕草だった。

すぐ近くで見つめてくる彼女の瞳は、夕日と同じ優しく暖かな色だ。

「瞳の色きれいね……私、すごく好きだよ」

彼女は目を細めて微笑んだ。

不意に言われたその言葉に、千紗は息を吐くことも忘れて彼女を見る。

ようやく出たのは、「……は?」という動揺した声だった。


「加恋、部活終わった」

教室を覗いた恵が声をかけると、加恋はすぐに振り向いて嬉しそうな顔になる。

「恵君」

立ち上がると、「じゃあ、また明日ね」と千紗に言い残して彼女は席を離れた。

「ごめん、ミーティングがあって遅くなった」

「ううん、千紗と一緒にいたから。楽しかったよ」

二人の声が教室から遠ざかるのを聞きながら自分の頬を押さえると、急に熱を持っていた。速くなった心臓の音が、体中に響いたままだ。

（……どういうつもり？）

千紗は加恋がしてきたように頬を指でそっと撫でてから、顔を伏せるように下を向く。

（もしかして、気づいている……？）

すぐに、『そんなわけないよ……』と思い直す。

気づいているはずがない。加恋は『友達』だと思っているはずだ。

実際に、友達以上でも、以下でもない。特別な相手と意識しているはずがない。

それなのに、あんな思わせぶりな態度をとるなんて。

なにも意識していないからできるのだろうか。ただの友達だから——。

千紗はノートを閉じると、それを腕に抱えたまま立ち上がる。

柱の陰に立ったまま窓の外を見ると、加恋と恵が歩いているのが見えた。

自然と繋がれている二人の手に、千紗の表情が陰る。

（なにがいいの……あんなやつ）

心の中で吐き捨てて、目を逸らした。

わかっている。イラ立ちと混ざり合って胸を侵食していく濁った感情が、嫉妬だということくらい。

かっこよくて、野球部でも活躍していて、親切で優しいなんて、スポーツマンガの主人公のような男子だ。そんな相手に一途に想いを寄せられたら、好きにならないわけがない。

加恋が恵を選ぶのも無理はないだろう。遠からずそうなる気はしていたし、付き合うことになったと彼女が電話してきた時も、それほど驚きはしなかった。


あの時感じたのは、虚しさと、裏切られたような寂しさだけだ。

けれど、それを裏切られたと思うのは違うのだろう。加恋を責めるのも違う。

加恋は嬉しい出来事を共有したかっただけ。

大切な友達だから、一番に知らせたいと、そう思っただけだ――。

そのことで、相手が傷つくかもしれないなんて想像もしていなかったはずだ。

今も、彼女は気づいてはいない。

だからこそ、その無邪気さも優しさも――残酷だ。

『俺に言うのは違うだろ……それに、三浦のこと、譲る気なんてない』

恵が真剣な顔をしてそう言ったのは、二年の夏。三人で立ち寄ったファーストフード店でのことだ。

腹立たしいほどに、真っ正直で、一点の曇りもない。

もっと、どうしようもないような相手だったら、『あんなやつ、やめておきなよ』と加恋を止めることもできた。それでもしつこく言い寄ろうとするなら、実力行使していたところだ。

恵と一緒にいる時の加恋は、幸せそうに笑う。二年になった頃、いつも一人きりでいた彼女とは違う。もう、彼女には守ってくれる、安心できる相手がいる。彼女のことを無視していた女子ともクラスが離れて、嫌がらせをしてくる相手もいなくなった。

三年になり、加恋に話しかけてくるクラスメイトも増えた。その子たちと、楽しそうに話をして笑っている姿もこのところよく見かける。

（もう、私はいらないじゃない……）

それなのに、なぜ加恋はそばにいようとするのだろう。他に気楽に話せる相手ができたからといって、すぐにそっちに乗り換えるのは不誠実だとでも思っているのだろうか。

千紗が今までグループの輪に加わろうと思わなかったのは、そういう忖度や束縛が面倒だったからだ。

無理をしてまで、一緒にいてほしいわけではない。

いっそ、離れていってくれればいいのに——。

夜、帰りの遅い両親を待たず夕食を一人ですませた千紗は、部屋に戻り机に向かっていた。無地のノートに描いているのは、リボンを結んだふんわりとした髪の女の子の絵だ。

その髪のラインをぼんやりとしたまま、無意識にシャーペンでなぞる。

『瞳の色きれいね……私、すごく好きだよ』

頬に触れながら微笑んだ加恋のことが頭から離れなくて、帰り道でも、家に帰ってからも、ずっとそのことばかり考えてしまう。

絵を描く手を止めると、千紗は自分の頬にそっと触れた。

彼女の手の感触がまだそこに残っている気がして、頬が熱くなる。

（なにいってるの……それは、そっちじゃない……）

すぐ近くで見つめてくる加恋の瞳は、オレンジ色の淡い輝きを含んでいた。

加恋の言葉にも、頬に触れるその仕草にも深い意味などないのだろう。

ただの友達同士の戯れ——。

彼女にとってはそれだけのことだ。普通なら笑い合って終わる程度の——。

それなのに、特別なことに思えて動揺した。

彼女に出会ってから、ゆらゆらと揺れて、心が引っかき回されてばかりいる。

なぜ、『私』じゃダメなの——。

一緒に帰るのも、放課後に書店に立ち寄るのも、休日に待ち合わせして過ごすのも。彼氏でなくてもいいじゃない。

楽しそうに恵と手を繋いで帰る彼女を見るたびに、そんなふうに不満と寂しさが込み上げる。それをどう紛らわせればいいのかわからなかった。

千紗は描きかけの絵を見つめる。ショートヘアの女の子を、リボンを結んだ女の子が後ろから優しく抱きしめる絵。いつも描いている小説やマンガのキャラクターではなく、千紗のオリジナルキャラだ。名前もない。思いつきで描いただけ。
そのページを破ると、イラ立ちを含むため息とともにクシャッと握りつぶした。

優しくて、平等で、誰も傷つかない世界なんてどこにもない。
そんな世界を期待するほうが間違っている。
誰もが、たった一つの愛を、必死になって奪い合っているのに。
誰もが、誰かの特別になりたくて――。
それを以前の自分なら、くだらないと笑っていただろう。
けれど、今は少しも笑えない。
自分もその一人だ。

（ただの友達でいいじゃない……それ以上のなにを求めるの）
得られないものを求めるほど苦しいことはないのに。
それなら、『いらない』と手放してしまえばいい。
捨ててしまえばいい。

千紗は丸めた紙を両手で包んだまま、うな垂れて強く唇を噛む。

わかっているのに、心が拒絶する。

できないから、こんなにも苦しいのだ。

息もできないほどに──。


『君』を必要としている、なんて。

言えるはずがない。

二

翌朝、寝不足なまま制服に着替えると、机に鞄をおいて準備をする。その時、ノートのあいだに挟んでいたチケットホルダーに気づいた。

それを手にとって、入れていた二枚のチケットを取り出す。

加恋も好きな小説の舞台のチケットだ。第一弾の舞台は、加恋がチケットを手に入れてくれて一緒に観に行った。もう、去年のことだ──。

その第二弾の舞台が夏に行われる。

「加恋……行くかな……」

上演されるのは夏休みだ。驚かせたくて、チケットをとったことは秘密にしていた。まだ彼女には伝えていない。

それをチケットホルダーにしまって鞄のポケットに押し込むと、自分の部屋を後にした。


その日の放課後、千紗は教室に残ってノートに絵を描いていた。

小説に登場する男子キャラだ。その手を止めて、ページのあいだに挟んでいたチケットホルダーを少しだけ引っ張り出す。

「千紗、ごめんね。遅(おそ)くなっちゃった」

加恋の声が聞こえて、ハッとしながらすぐにそのチケットホルダーを隠(かく)した。

頬杖(ほおづえ)をつきながら男子キャラの髪を描いていると、彼女がそばにやってくる。

加恋が前の席に腰(こし)を下ろすのを待って、千紗はようやく顔を上げた。

「職員室？」

授業が終わると、すぐに教室を出ていったから担任の先生に呼ばれていたのだろう。

「うん。進路のことで」

「……ふーん……」

「そういえば、小説の新刊が出るのもう少しだね。千紗は予約した？」

「……加恋は？」

「私はもうしたよ。特典のイラストカードすごくきれいだね。夏には舞台もあるし……また、コラボカフェとかやるのかな？」

鞄からマンガを取り出しながら、彼女は楽しそうに話す。

「加恋は……舞台のチケット……とった？」

千紗はノートに視線を落としたまま尋ねた。

「私は行きたかったんだけど……恵君の試合が重なっちゃって。今年の夏で最後だし」

残念そうな彼女の言葉に、カチカチと芯を押し出していた千紗の手が止まる。

（なんだ……）

隅田恵は、夏の大会が終われば野球部を引退するのだろう。そのため、練習にも今まで以上に熱が入っているらしく、帰りが遅くなる日が多い。

土日もほとんど朝から日暮れまで部活をしているようだ。デートをすることもままならないようだが、加恋は毎日一緒に帰れるだけで嬉しそうだった。

「千紗は？　行くの？」

「行かないよ……チケットもとってないし」

「……一緒に行けたらよかったんだけど」

そう言って、加恋は残念そうにため息を吐く。

誘っても、彼氏を優先するくせに――。

描いた顔のラインが気に入らなくて、消しゴムで消した。もう一度描いても思うようにならなくて、机の上にカスばかり溜まっていく。

それを見ていた加恋が、「消しちゃうの？」ともったいなさそうな顔をする。

「んー……調子出ない」

「千紗は、女の子の絵ってあんまり描かないよね」

何気ない加恋の言葉に、千紗の手が止まる。

「……得意じゃないんだよね。かわいく描けないし……」

「そうかな……絶対かわいいよ」

そう言いながら、彼女は無邪気に笑っている。

「……加恋は……どういう女の子がいいの？」

「私は……」

消しカスを払っていると、加恋が昨日と同じ夕日色に染まる瞳で見つめてくる。

「千紗、みたいな女の子……かな？」

「……私はかわいくないでしょ」

「かわいいよ。千紗は……瞳も綺麗だし、唇だって小さくて艶々しているし……」

加恋は「いいなぁ……」と、うっとりするように手を伸ばしてくる。

その手が唇に触れる直前、仲よさそうに恵と手を繋いで帰る彼女の姿が頭をよぎる。

「やめてよっ‼」

反射的に叫んで立ち上がると同時に、机の上のノートやペンを勢いよく払いのけていた。

椅子と机の立てた音が教室に響き、その後に息の詰まるような沈黙が広がる。

加恋はあ然としたように、目を大きく見開いている。

ハッとして、千紗は唇を噛んで皮膚に爪が食い込むほど強く拳を握った。

「本気で思ってもいないくせに……っ‼　そういう思わせぶりな態度が、人を傷つけるんだってわからない⁉　無自覚だったら、悪気がなかったら、許されるとでも思ってるの⁉

デリカシーなさすぎでしょ」

言うつもりのなかった言葉が、溢れてきて止まらなかった。

「千紗……ごめ………っ」

声を荒らげる千紗を、加恋は困惑したように見ている。

「それともなに？　自分がカレシに言われているから、そう言えば誰でも喜ぶと思った!?　見損なわないでよ!!」

張り上げた声が、教室に響いた。

「違う、思ってない……そんなつもりで言ったんじゃないよ！」

「じゃあ、どういうつもり!?」

強い口調できき返すと、彼女は言葉を詰まらせて沈黙する。


「誰でもいいくせに……っ！」

足もとに視線を落としたまま、千紗は吐き捨てた。

「千紗、聞いて……っ!!」

「ごめん……」

眉間をギュッと寄せ、うつむいたまま声を絞り出す。

「私……加恋のこと、友達だと思えない……今までも……ずっと、思ったことない……」

きっと、彼女にわかりはしないのだろう――。

「千紗……待って……千紗っ!!」

追いすがるような加恋の声を振り切り、千紗は唇を嚙みしめたまま教室を飛び出した。

一緒にいてくれる相手がほしかった。ただ、それだけのくせに。
もう、いらないでしょ――。
一緒にいる理由なんて、もうないくせに。

なんで、そばに寄ってくるの。
寂しさを紛らわすだけの相手なら、他にいくらでもいるのに。
なんで、『私』なの。

苦しいんだよ――。
辛いんだよ――。
もう、やめてよ――。
どれだけ、我慢しなきゃいけないの？
彼氏と一緒に帰る姿を見るのも、彼氏の話を聞くのも、もう嫌なのに――。
（そのたびに、どれだけ傷つけばいいの………）

普通に友達をやっていたら、きっとこんな思いをしなくてもよかっただろう。

加恋の言う、『友達』でいたかった。いようとした。けれど、もう無理だ。

胸に溜まる重く不快な感情に、吐き気が込み上げてくる。

誰もいないトイレに入ると、個室に駆け込んでドアを閉ざした。

天井を見上げたまま、何度も深く息を吸い込んだが、それでも息苦しさは治まらない。

「助けてよ……」

喘ぐような声が口から漏れた。

膝に力が入らず、下を向いてもたれかかるようにドアに背中を預ける。

助けてよ――。

「千紗……？」

トイレの入り口のほうから、不安げに呼びかける加恋の声がした。

千紗は強く唇を結ぶ。

なんで、追いかけてくるの――。

「千紗……あのね……聞いて……」

無言のままでいると、足音が近づいてくる。

千紗が閉じこもっている個室の前にきたようだった。少し黙った後で、加恋が口を開く。

「……誰でもいいわけじゃないよ」

外からコツッと小さな音がしたのは、彼女がドアに触れたからだろう。

「私……千紗と一緒にいて、すごく楽しかったし、嬉しかった……他の誰でもいいわけじゃないよ。千紗がいいの……一緒にいたいの……」

ドア越しに聞こえてくる加恋の声は小さく震えていて、泣きたいのをなんとか堪えているようだった。

わずかに口を開いた千紗は、思いとどまるようにその唇を強く噛む。

「でも、私……千紗の気持ち、わかってなくて……ひどいことしちゃったんだね……ごめん……友達になれないって……思われても仕方ないよ……」

落ち込んだように彼女は言う。

違う、そうじゃないよ。

ほら、なにもわかってない――。

「でも、ちゃんと……千紗のことわかりたいと思ってる……そう、思っちゃダメかな？」

「きっと、わかり合えないよ……加恋の思っていることと、私の思っていることは違うから……それは同じにならないでしょ……」

手を握り締めてから、千紗はようやく口を開く。


（だって、加恋にはもう……一番大切な人がいるじゃない……）


「それでも、私は千紗と一緒にいたいよ」

はっきりとした加恋の声に、千紗はほんの少しだけ顔を上げる。

「わかり合うことって……千紗の言う通り、簡単なことじゃないよね。さっきも、本当は千紗がなんで怒ったのか……わかってないんだと思う。私がデリカシーないことしちゃったんだって……それだけしか……」

加恋は「でもね」と、言葉を続けた。

「思ってもいないことを言ったわけじゃないよ。本当だよ。千紗は私の憧れだもの。かわいくて、強くて……私も千紗みたいになりたいってずっと思ってる。初めて話した時からずっと」

言葉を探すように加恋が沈黙する。そのあいだ、千紗も黙ったままだった。

「私……ずっと友達とうまくやれなくて……失敗ばかりしてきたから……今度はもう、同じ間違いを繰り返したくない」

加恋はそう言ってから、迷いのない声で続けた。

「大事な友達を、もう失いたくないの」

こぼれた涙が、いつの間にか千紗の頬を伝っていた。

それが噛みしめたままの唇に触れて、ポタッと落ちる。

胸が苦しくて、痛かった。

大事な友達――。

本当の友達同士なら、彼氏ができた時も、『よかったね、おめでとう』と心から笑って祝福できただろう。

幸せな二人の関係が壊れて、終わってしまえばいいと、そんな感情すら抱いているのに。

それを知っても、加恋は『大事な友達』と言ってくれるのだろうか。

こんな醜い自分を、見せられるわけがない。

それでも、君といたいなんて――。

（言えないでしょ……言えないよ……）

でも、もうそんな自分の濁った感情から目を逸らし続けながら、友達でいようとすることも苦しくてたまらないのだ。

本当は、わかってほしいんだよ――。


プライドと見栄で取り繕って、いい顔をしようとしているのは『私』だ。

一人でも平気だと強がって、自分が傷つくのが怖くて、誰とも関わらないように、必死に壁を作って自分を守ってきただけ。

加恋は千紗のことを、強いと言ってくれる。以前もそうだ。『千紗は強いね』と、なぜか彼女は誇らしげに笑っていた。

（違う。私は強くなんてないよ……）

強がって、自分が弱いことを認めたくなかっただけ。

こんな自分、本当は知らなくてよかった。

自分が本当は寂しかったことに気づくこともなかったのに。

誰かがそばにいてくれることの安心感や温もりを知ってしまえば、手放せなくなる。

他の誰かではなく、自分のそばに、自分だけのそばにいてほしいと望んでしまう。

以前は一人でいるのが当たり前だったのに、喪失の痛みを知るのが怖くてたまらなかった。


「こんなに弱くなったのは……加恋のせいだよ……」

思わず、泣き言のような弱い声が漏れた。

ひどく情けない自分に笑いたくなる。いつから、こんなにも脆くなったのだろう。

「加恋が私の心に勝手に入ってくるから……私はもう……加恋がいないと、ダメになったじゃない……どうしてくれるの？」

「私も同じだよ……それじゃ、ダメ？」

そう尋ねる彼女の声は優しかった。

（ズルいよね……加恋は……）

天井を見上げ、思わず口もとを緩める。

ズルくて、優しい――。

友達の定義なんて知らない。

だから、どこからが『友達』で、どこからがそうでないのか、境界線なんてわからない。

重すぎるこの感情を『友情』と呼んでいいのか、『愛情』と呼ぶべきものなのかも――。

きっと、どちらでもいいのだろう。

人と人の繋がりなんて、曖昧で不確かなものばかりだ。


「ねぇ……加恋……そばにいていい？」

ドアに寄りかかりながら、千紗は囁くように尋ねる。

「……うん……私も、千紗のそばにいたい」


（あーあ……自信作の壁だったのに……）

こんなにあっけなく粉々にされて、不法侵入を許してしまうなんて。

後ろを向くと、鍵を開けてドアを開く。

それを待っていたように、加恋が微笑んでいた。


「ムカつくやつだな」

ポツリと呟くと、「え？」と彼女は目を丸くする。
千紗が笑って片手を伸ばすと、加恋がその手をとった。
手のひらを合わせてから、微かに笑って握り合わせる。
温かい。この温かさも、寄り添う安心感ももう知ってしまったから——。

（でもね、加恋……本当は……）

——ぶっ壊されて、嬉しかったんだ。

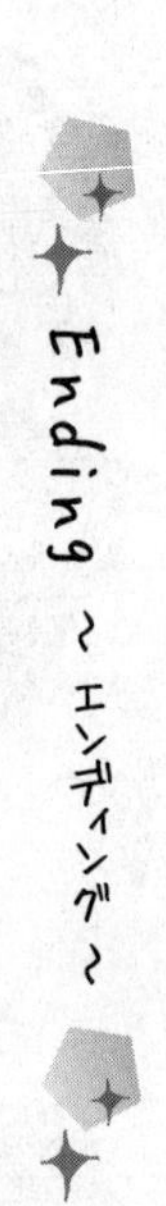

Ending ～エンディング～

放課後の二人しかいない教室で、千紗はノートに描いた線をなぞる。余分な線を消して手で払うと、その視線を上げた。

前の席に座った加恋は、マンガを楽しそうに読んでいる。千紗が彼女に貸すために持ってきたマンガだ。

壁の時計に目をやると、もう部活が終わる時間になっていた。校庭で練習していた運動部の声も聞こえず、教室を包むのは穏やかな静けさだ。

「このマンガ、今日、借りて帰っていい？　続き、気になっちゃって……」

加恋がマンガから顔をあげて千紗を見る。

「うん、いいよ……」

「明日には返すね」

「別にいいってば……私はもう読んだし……ゆっくり読めば？」

「ありがとう。でもきっと、一気に読んじゃうよ」

そう言いながら、加恋は笑っている。

机の上においていた彼女の携帯をチラッと見ると、メッセージが入っていた。

それに加恋はまだ気づいていないらしく、見ていない。

マンガに気をとられていて、通知の音に気づかなかったのだろう。

ホーム画面に表示されているのは、恵と一緒に撮った写真だった。

加恋の頬に、恵が顔を寄せていて親密そうだ。

「ねぇ……加恋って、あのカレシとさ……どこまで進んだの？」

そう尋ねると、携帯を見ようとした彼女が「え？」と、千紗を見る。

「ど、どこまでって……？」

「もう……キス……した？」

「し、してないよっ!!」

首を横に振った加恋の頬がすぐに薄ピンク色に変わる。それから、「頬くらいしか……」と正直にそう答えた。

「なんでしないの？」

「まだ……恥ずかしいから……」

彼女は小声になって答える。その視線が逃げるように、窓の外に向いていた。

「付き合ってるのに？」

「そういうのって、私から……言うのも勇気がいるし」

「……してみたくならないの？」

「それは……なるけど……」

「じゃあ……してみる？」

椅子からわずかに腰を浮かせると、ノートに手をついてゆっくりと身を乗り出す。

加恋は避けようとする様子もなく、目を丸くして千紗を見ていた。

顔を寄せながら目を伏せると、唇が加恋の唇にそっと触れる。

加恋が持っていたマンガが、パサッと床に落ちた。

たっぷり二秒は待ってから、その唇を離すと加恋が驚いたように目を見開いて、パッと自分の唇に手をやる。

「…………………っ！！！！」

びっくりしすぎて声にならなかったのだろう。口をパクパクと動かした後、「千紗!!」とようやく名前を呼ぶ。その顔は夕日と同じくらい真っ赤だった。

「わ、私……は、初めて……の…………っ!!」

動揺して言葉がつっかえている彼女に、『ベーッ』と小さく舌を出してみせる。

「大丈夫、私もだから」

「そういう問題じゃないってば!!」

「じゃあ、どういう問題？」

「それは……だから…………っ」

「加恋、待たせ……」

ドアのほうで声がした瞬間、加恋が勢いよく立ち上がる。

その拍子に椅子が傾いて、ガタンと大きな音が教室に響いた。

「う、うんっ、い、今……行くよ……っ」

動揺しきった声で答えて、彼女は自分の鞄をつかむ。

「加恋、マンガ忘れてる」

千紗が指摘すると、『あっ』という顔をして急いで鞄にマンガを入れていた。

「千紗、じゃあ、またね……今日のことは、後で……ちゃんと話し合わないといけないから!!」

眉間にギュッとシワを寄せて言うと、彼女はバタバタと教室を出ていく。

「なにか……あった？　顔、すげー赤いけど……」

「ううんっ、なんでもないっ……なんでもないの!!」

恵と加恋の声が廊下のほうから聞こえてきて、千紗はシャーペンをとりながらクスッと笑った。それから、ふと床に目をやる。

「あっ、一冊忘れてる……」

座ったまま体を傾けて手を伸ばし、そのマンガを拾い上げて軽く払う。

(話し合うって……いったい、なにを話し合うつもりなの)

キスした理由でも、問い詰めるつもりだろうか。

加恋のあわてっぷりがおかしくて、つい笑ってしまう。その唇に、千紗は手を運んだ。

まだ優しい感触が残っている。

(そんなの……決まってるじゃない……)


『好き』だから、だよ──。


立ち上がって窓のそばに行くと、一緒に帰る二人の姿が見えた。

なぜか今日は手を繋がないで鞄をしっかりと抱きかかえている加恋に、恵は困惑しているようだった。

加恋はふと足を止めて振り返り、教室を見上げる。窓のそばで見ている千紗に気づくと、先ほどのお返しだとばかりに、『ベーッ』と舌を出していた。

恵に話しかけられると、すぐに彼のほうを向いて笑ってごまかしている。

「リア充、乙……」

歩き出した二人の姿を窓辺で眺めながら、千紗はポツリと呟いた。

羨ましくて、妬きたくなる。

ふっと小さなため息を吐いて、窓に背を向けた。

机と椅子が並ぶ教室を、少しだけ寂しさを感じるオレンジ色の光が包んでいる。


失望するから。

期待しても裏切られるから。

――そんなこと、わからないよ。

誰になにを言われるかわからない。

――いったい、誰に忖度するの。

友達が片想いの相手、それじゃダメ？

定義なんて――なんだっていいじゃない。

そういうの、面倒くさいでしょ。

自分の机に戻(もど)ると、千紗はノートのページをめくる。
そこに描いたのは、仲がよさそうに帰る恵と加恋の絵だ。
『隅田、加恋　１００日記念　おめでとう！』
ちょうど、今日で二人が付き合い始めてから百日目だ。
本当は、この絵を彼女に見せて、『おめでとう』と笑って言うつもりだったのに。
諦(あきら)めるなんて、そんな気は更々(さらさら)ないくせに。
やっぱり、悔(くや)しかったから。
求められたいばかりで醜(みにく)い私。
それでも、君といたい。

君となら――。

ノートを閉じて鞄にしまうと、千紗は席を離れる。
誰もいない教室を一度だけ振り返り、先ほどの出来事を思い返して笑みをこぼす。
「またね……」
そう小さく告げて、ドアをゆっくりと閉めた。
また、この——。
秘密の場所で会おう。

The end

HoneyWorks
メンバーコメント！

Gom

胸張れ乙女たち
戦え乙女たち
Gom

shito

乙女どもよ。小説化ありがとうございます!!

相手を思いやる気持ちを大切にしようと
改めて思いました。

shito より

しと。

ヤマコ

『乙女どもよ。』

小説化ありがとうございます!!

「乙女どもよ。」と「醜い生き物」はどちらもお気に入りのMVです。
苦しい表情をたくさん描きましたが、加恋達もアリサのように
新しい出会いによって乗り越え、もっともっとキラキラ笑顔に
なっていってくれたら嬉しいです!

ヤマコ

モゲラッタ

隅田よ、
CHiCO with HoneyWorksは
正しく書けるように
なったか?
モゲラッタ

Oji

チコハンライブでも
演奏してる楽曲が
題材になってて、なおかつ
「加恋」って名前…素敵
ojiで！

Atsuyuk!

複雑な心境や
関係から
紡がれる物語。
めちゃくちゃキュンとしました…。
Atsuyuki

サポート
メンバーズ！

宇都圭輝

新刊発売おめでとう!!
髪を下ろしてる加恋ちゃんも
ポニーの加恋ちゃんもどちらも
とっても可愛い♪正義!!
"cake"

中西

先日、「中西って
醜い生き物だね」
と言われました。

うれしかったです。
中西 ^^

kyo

乙女どもよ
強く生きれ!!
kyo☺

Kaoru

祝!乙女どもよ。小説化!!
たくさん読んでね 4:1
KAORU

コミヤマリオ

戦って、抗って
キズついて、それでも…
最後は笑えますように
コミヤマリオ(•ᴗ•)

裕木レオン

ポニーテールも
髪下ろしても
加恋ちゃん
正義!!
れおんぬ

ハコニワ
リリィ

Hanon

乙女どもよ。小説化
おめでとうございます!!
密かに推しキャラクターだった
加恋ちゃんのお話とても楽しみです。
ぜひ一緒にキュンキュンしましょう♡
Hanon

Kotoha

乙女どもよ。発売
おめでとうございます!
MV何度も見返すくらい大好きな作品なので、
2人の間でどんな気持ちが
揺れ動いていたのか今から
気になってしかたありません…!
キュンキュンな恋の行方を
一緒に楽しみましょう
Kotoha

Special Comment from CHiCO

「告白予行練習 乙女どもよ。」
発売おめでとうございます！
詳しく小説で読めるなんて
すごく嬉しいです！
ぜひ、加恋ちゃんが歩む
ストーリーを見届けて下さい。♪

CHiCO with HoneyWorks サイコー!!
← つづりまちがえてたー!! ゴメン 泣
私も好き♡
許そう!!
ハンカチ

Who's next?

「告白予行練習 乙女どもよ。」の感想をお寄せください。
おたよりのあて先
〒102-8177 東京都千代田区富士見2-13-3
株式会社KADOKAWA 角川ビーンズ文庫編集部気付
「HoneyWorks」・「香坂茉里」先生・「ヤマコ」先生・「島陰涙亜」先生
また、編集部へのご意見ご希望は、同じ住所で「ビーンズ文庫編集部」
までお寄せください。

告白予行練習(こくはくよこうれんしゅう)
乙女(おとめ)どもよ。

原案／HoneyWorks 著／香坂茉里(こうさかまり)

角川ビーンズ文庫 22943

令和3年12月1日 初版発行

発行者――青柳昌行
発 行――株式会社KADOKAWA
〒102-8177 東京都千代田区富士見2-13-3
電話 0570-002-301（ナビダイヤル）
印刷所――株式会社暁印刷
製本所――本間製本株式会社
装幀者――micro fish

●お問い合わせ
https://www.kadokawa.co.jp/ （「お問い合わせ」へお進みください）
※内容によっては、お答えできない場合があります。
※サポートは日本国内のみとさせていただきます。
※Japanese text only

ISBN978-4-04-112079-8C0193 定価はカバーに表示してあります。 ◇◇◇

角川ビーンズ文庫
スキキライ
超人気!!
キュンキュンボカロ曲制作チーム♪
HoneyWorks楽曲が
物語となって登場!!
原案/HoneyWorks
著/藤谷燈子
イラスト/ヤマコ
大好評発売中!!

青春系胸キュンボカロ楽曲の名手、
HoneyWorksの代表曲が続々小説化!!
大人気「告白」シリーズ、
好評発売中!
シリーズ累計
300万部突破!
1. 告白予行練習
2. ヤキモチの答え
3. 初恋の絵本
4. 今好きになる。
5. 恋色に咲け
6. 金曜日のおはよう
7. ハートの主張
8. イジワルな出会い
9. 僕が名前を呼ぶ日
10. 大嫌いなはずだった。
11. ノンファンタジー
12. ヒロイン育成計画
13. 東京サマーセッション
14. 告白実行委員会
アイドルシリーズ
ロメオ
15. 乙女どもよ。
原案/HoneyWorks
著/香坂茉里、藤谷燈子
イラスト/ヤマコ、島陰涙亜

©2021 LIP×LIP Movie Project
原案　HoneyWorks
著　香坂茉里
監修　LIP×LIP Movie Project
大好評発売中！
LIP×LIPの結成秘話を描く
劇場版アニメが、
ノベライズで登場！
小説版
この世界の楽しみ方
～Secret Story Film～
オーディション会場での第一印象は最悪。
こいつとだけは絶対に嫌！　とお互いに思っていた
正反対の2人だが、ユニットを組んでデビューすることになり……？
彼らが大人気アイドルになるまでの物語がついに明かされる！

春日坂高校
漫画研究部
あずまの章
イラスト／ヤマコ、
島陰涙亜
胸キュン小説の名手・あずまの章
× HoneyWorks
ヤマコが贈る
青春ラブコメ！
最新5巻、好評発売中！
①第1号 弱小文化部に幸あれ！
②第2号 夏は短しハジケヨ乙女！
③第3号 井の中のオタク、恋を知らず！
④第4号 恋愛オンチは悪魔と踊る！
⑤第5号 恋はマンガよりも奇なり！

40mP　イラスト／たま

高2の遥は、人には言えないキモチを書き込んだノートをなくしてしまう。それが、なぜか動画投稿サイトで人気急上昇中のボカロ曲の歌詞になっていた！　作曲したという直哉は、ユニットを組まないかと誘ってきて!?

角川ビーンズ文庫
脳漿炸裂ガール
nou shou sakuretsu girl
原案：れるりり
著：吉田恵里香
イラスト：ちゃつぼ
第1〜6巻
大好評
発売中!!
ニコニコ動画で関連動画再生数
4000万超えの神曲、小説化!!
高校生の市位ハナは、目を覚ますとクラスメイト達と檻の中にいた。そこでハナは、ケータイを使った命がけのデス・ゲームに参加する事に!! ハナは同じ名前で正反対の性格を持つ、憧れの同級生・稲沢はなと共に、ゲームに挑んでいくが――!?